INKA LOREEN MINDEN

Rune

Beast Lovers 4

AF220707

Gestaltwandler Romance

Bibliografische Information der Deutschen Nationalbibliothek
Die Deutsche Nationalbibliothek verzeichnet diese Publikation in der
Deutschen Nationalbibliografie; detaillierte bibliografische Daten sind im
Internet über
http://dnb.d-nb.de abrufbar.

Rune

- Romance -

©opyright Inka Loreen Minden 2018
www.inka-loreen-minden.de
Monika Dennerlein

.

E-Mail: lucy-palmer@inka-loreen-minden.de

Deutsche Erstausgabe Mai 2018

CoverArt Front: © M. Hanke
Mann: tverdohlib – fotolia.com
Lektorat: PetRa
Herstellung und Verlag: BoD – Books on Demand, Norderstedt
ISBN-13: 978-3-7528-5824-2

Vorwort

Liebe Leserinnen und Leser, dies ist ein Kurzroman, der zur Beast Lovers Serie gehört, aber wie alle anderen Titel der Reihe auch für sich gelesen werden kann. Zwar gibt es in fast jedem Teil eine übergreifende Hintergrundgeschichte – diese betrifft jedoch nicht das Happy End der jeweiligen Paare.

Die Idee zu Percys Geschichte (dem Forensiker des DPI) überfiel mich regelrecht wie aus dem Nichts – und das, obwohl ich ja erst im letzten Band das Ende der Reihe angekündigt hatte! Doch als ich eine Woche lang im Urlaub meine Seele baumeln ließ, ist es passiert (Nichtstun ist immer ganz gefährlich, Plot-Bunnies fahren voll darauf ab ;)

Viele von euch haben sich ohnehin gewünscht, dass auch der schnucklige Nerd Percy endlich sein Glück findet. Er spielt eine wichtige Rolle im Buch »Nicolas – Beast Lovers 3«. Dort habt ihr erfahren, was der schlaue Inkubus wirklich auf dem Kasten hat. Ihm gelang zum Beispiel ein gigantischer Durchbruch in der Vampirforschung ;)

Als ich den Löwenwandler Rune plötzlich vor Augen hatte, wusste ich: Das ist genau der richtige Partner für meinen Dämon!

Ursprünglich hatte ich eine Kurzgeschichte geplant, aber wie es oft beim Schreiben ist … Die beiden hatten mir ein bisschen mehr zu erzählen, also ist aus der Kurzgeschichte ein kleiner Roman geworden.

Ich wünsche euch nun viel Spaß mit Percy und seinem raubeinigen Ermittler!

Alles Liebe
Eure Inka

Kapitel 1

Jedes Mal, wenn Rune McNamara das Labor betrat, blieb beinahe Percys Herz stehen. Mit zitternder Hand stellte er das Reagenzglas zurück in die Halterung, wischte sich die Finger an seinem weißen Kittel ab und wollte am liebsten fröhlich rufen: *Hey, Sahneschnitte, was treibt dich schon wieder in meine Arme?*

Stattdessen grinste er dämlich und brachte bloß ein gekrächztes »Hi« hervor.

»Hi«, sagte auch Rune, dessen tiefe Stimme wie ein Donnergrollen aus seiner Kehle drang. Im Gegensatz zu Percy grinste er nicht, sondern starrte ihn intensiv an, als würde ein Raubtier seine Beute anvisieren.

Jede von Percys Zellen prickelte wohlig. Er wäre nur zu gerne Runes Beute, doch der Kerl ging einfach nicht zum Angriff über – was ihn bald verrückt machte! Er stand total auf Runes rauchiges Timbre, genau wie auf den Rest dieses äußerst attraktiven Mannes. Nun war Percy schon nicht klein, aber Rune überragte ihn um gute zwanzig Zentimeter. Er war ein Schrank von einem Mann, der leicht den Kopf einziehen musste, wenn er in einen Raum kam. Dabei streiften seine breiten Schultern beinahe den Türrahmen. Sein hellblaues T-Shirt spannte sich über ausgeprägte Brustmuskeln sowie einen flachen Bauch; die löchrigen Jeans saßen tief auf den schmalen Hüften und betonten die langen Beine sowie den heißen Knackarsch, der sich offensichtlich unter dem Stoff verbarg.

Percy unterdrückte ein sehnsüchtiges Seufzen und fragte mit möglichst fester Stimme: »Was kann ich für dich tun?« *Willst du einen Blowjob? Oder was hältst du von ei-*

nem Quickie auf dem Sofa in meinem Büro? Wir brauchen nur schnell in den nächsten Raum zu gehen, keiner wird uns stören.

Für gewöhnlich war Percy kein Kind von Traurigkeit und machte jeden Typ ungeniert an, der ihm gefiel. Doch bei Rune hielt ihn irgendeine unsichtbare Macht zurück. Percy spürte instinktiv, dass dem sexy Kerl solch ein Überfall nicht schmecken würde, und er wollte ihr gutes Arbeitsverhältnis nicht gefährden.

Trotzdem gab er die Hoffnung auf einen netten Quickie nicht auf und hatte sogar sein Büro aufgeräumt – zum ersten Mal, seit er hier arbeitete! Normalerweise bekam das keiner zu sehen, weil sich dort meterhoch Akten stapelten, sogar auf dem Boden und der Couch.

Wie immer schien die Zeit stillzustehen, während sie sich einfach nur betrachteten und Percy auf eine Antwort wartete. Endlose Sekunden lang verlor er sich in den goldbraun schillernden Iriden, die durch den Dreitagebart besonders intensiv leuchteten. Danach lenkte er sein Augenmerk auf Runes sinnlichen Mund, als sich dieser kurz auf die Unterlippe biss. Dieser göttliche Mund fühlte sich bestimmt seidenweich an!

Schnell richtete Percy den Blick auf Runes etwas zu breite Nase und die hohen Wangenknochen, die in dem kantigen Gesicht deutlich hervorstachen. Percy würde das Antlitz nicht unbedingt als schön bezeichnen, aber als äußerst faszinierend. Eingerahmt wurde es von einer wallenden braunen Mähne, die ein Lederband im Nacken zusammenhielt. Bisher hatte Percy nur herausgefunden, dass Rune McNamara ein Löwenwandler war, von denen es in New York kaum noch welche gab, und genau so wirkte der Kerl auch: wie ein stolzer, majestätischer, starker Löwe, der sich trotz seiner Größe erstaunlich geschmeidig bewegen konnte.

»Hast du schon neue Erkenntnisse über die ermordete Frau?«, fragte Rune, und erneut durchdrang dessen tiefe, leicht grollende Stimme jede von Percys Poren.

Ich könnte ihm den ganzen Tag zuhören, dachte er und räusperte sich hart. »Ja, komm mit.«

Er spürte Rune dicht hinter sich, als er zum Kühlraum, den er als »Leichenkeller« bezeichnete, voranschritt. Vor der Glastür blieb er stehen, um den Zutrittscode einzugeben, den nur er sowie der Chef des Departments besaßen. Die Tür ließ sich zwar auch mit einem Chip öffnen, den Percy immer bei sich trug, aber er wollte die Verzögerung nutzen, um sein Spiegelbild in der Scheibe zu betrachten. Seine Frisur saß. Wie jeden Tag hatte er sein schwarzes Haar mit Gel zu mehreren »Stacheln« aufgestylt, sich akkurat die Augenbrauen gezupft, sich am ganzen Körper rasiert – wobei er ohnehin kaum Körperbehaarung besaß – und sich ein hautenges schwarzes T-Shirt sowie eine Stretchhose in derselben Farbe angezogen. Meistens lackierte Percy täglich seine feinsäuberlich manikürten Nägel passend zum Outfit – also schwarz oder dunkelblau –, doch seit ihm Rune McNamara vor ein paar Wochen zum ersten Mal über den Weg gelaufen war, verzichtete Percy auf Nagellack. Vermutlich stand so ein waschechter Kerl eher weniger auf metrosexuelle Männer, aber Percy liebte es, sich hübsch zu machen und zu pflegen.

Rune stand doch auf Männer? Percy hoffte es sehr! Niemals zuvor war er so schwer verliebt gewesen wie in diesen Gestaltwandler. Percy schätzte ihn auf etwa dreißig Jahre, zumindest sah er optisch so aus, was nicht unbedingt auf das wahre Alter eines Wesens schließen ließ. Schließlich sah er selbst wie fünfundzwanzig aus, hatte aber die Hundert bereits überschritten. Als Inkubus alterte er unendlich langsam.

Passten sie dann überhaupt zusammen? Er würde quasi ewig leben, während Rune als Gestaltwandler kaum älter als ein Normalsterblicher wurde.

Fast unmerklich schüttelte Percy den Kopf. Was hatte er nur für Gedanken? Vermutlich würde sich zwischen ihnen ohnehin nichts entwickeln. Besser, er holte sich seine Lebensenergie weiterhin von One-Night-Stands, als völlig uninkubushaft von einer richtigen Beziehung zu träumen. Einen menschlichen Partner würde er töten, ihm regelrecht sämtliche Lebensenergie aussaugen, wenn er sich nur wenige Male hintereinander mit ihm vergnügte. Und Wandler waren Menschen leider sehr ähnlich.

Das Schlimmste an der Sache war für Percy aber, dass sich am nächsten Tag keine seiner Eroberungen mehr an ihn erinnerte, egal wie aufregend die Nacht gewesen war. Die Männer küssten ihn, stöhnten unter oder auf ihm, betonten, wie gerne sie ihn wiedersehen würden, und vergaßen ihn im ersten Morgenlicht oder sobald sie sich getrennt hatten. Percy war verdammt, auf ewig allein zu sein. Er sollte sich endlich mit seinem Schicksal abfinden.

Angestrengt versuchte er, sich auf die Arbeit zu konzentrieren, betrat den Leichenkeller und öffnete die Tür zu Kühlzelle Nummer fünf, um die sterblichen Überreste einer vierzigjährigen Frau herauszuziehen. Sie war mit einem Tuch abgedeckt, das er nun bis zu den Hüften aufschlug. Er hatte den Leichnam bereits aufgeschnitten und jedes Organ entnommen, um es genau zu untersuchen. Anschließend hatte er die Innereien wieder zurückgelegt und die Haut zugenäht.

»Ich habe die Frau in unserer Wesen-Datenbank gefunden, weil sie wegen eines kleineren Deliktes mal drei Tage eingesessen hat«, erklärte Percy. In diesem Gebäude befand sich nicht nur das Department of Paranormal Investigations – kurz: DPI –, sondern auch das größte und einzige Wesengefängnis von New York. »Das ist Tabea Rabenstein, eine Hexe. Sie gehörte dem Dimitrius-Zirkel an.«

»Rabenstein … klingt deutsch«, murmelte Rune, wobei er der Frau keinen einzigen Blick schenkte, sondern immer nur Percy anstarrte.

Er nickte. »Ihre Vorfahren kommen aus Heidelberg, das liegt in Deutschland.« Schnell streifte er sich einen Latexhandschuh über, den er aus seiner Kitteltasche geholt hatte, um Tabeas rechten Arm zur Seite zu ziehen. »Siehst du die beiden Einstichstellen auf der Innenseite ihres Oberarmes?«

Rune nickte ebenfalls und schaute sich die Stelle kurz an, blickte jedoch sofort wieder zu ihm.

Percy zitterte am ganzen Körper. Wusste dieser Mann, was allein seine Anwesenheit mit ihm anstellte? »Sie starb durch einen Schlangenbiss. Meiner Meinung nach hat dort extra jemand das Reptil angesetzt, denn die Bissstelle finde ich ungewöhnlich, außer, Tabea lag zuvor bewusstlos auf dem Boden. Aber die Spuren an ihrem Körper deuten eher auf einen kurzen Kampf hin – mit einem anderen Wesen oder Menschen.«

»Was war das für eine Schlange?« Rune stellte zum ersten Mal eine Frage, die wirklich etwas mit dem Fall zu tun hatte.

»Ein exotisches Tier, das bei uns zumindest nicht in freier Wildbahn auftaucht. Ich hab dir die Art in der Akte vermerkt.«

»Am Tatort habe ich keine Schlange oder Spuren dieses

Tieres gefunden«, murmelte Rune. »Ich werde nachsehen, ob die Hexe eine als Haustier gehalten hat.«

»Möglicherweise stammt das Tier aus ihrem Shop für Magiebedarf. Sie besitzt einen Laden hier in New York, die Adresse steht ebenfalls in der Akte.« Er leierte noch einige medizinische Details herunter, die bereits auch alle in dem ausführlichen Bericht zu finden waren, der längst auf Runes Schreibtisch lag, und hatte das Gefühl, der Kerl würde ihm mit seinen intensiven Blicken Löcher in den Laborkittel brennen.

Wir könnten es uns so einfach machen, Süßer, dachte Percy, *wenn ich nur wüsste, ob du wirklich etwas von mir willst!* Er wurde bald verrückt, weil er bei diesem Wandler einfach nicht durchblickte. Immer, wenn Percy in den letzten Wochen einen kleinen Schritt auf ihn zugemacht hatte – zum Beispiel durch eine flüchtige Berührung oder ein eindeutiges Lächeln –, hatte sich Rune sofort wieder abgeschottet und schon fast fluchtartig das Labor verlassen. Trotzdem kam er ständig hier herunter. Fast jeden Tag!

Irgendwas stimmte mit diesem Mann ganz und gar nicht.

Um sich von seinen erotischen Gedanken abzulenken – Rune, der sich mit einem sündhaften Lächeln über ihn beugte; Rune nackt auf seiner Bürocouch; Rune, der zu seinen Füßen kniete, um an seinem bereits steinharten Schwanz zu saugen –, sagte Percy: »Das hier könnte dich auch interessieren: Tabea hat einen Stein verschluckt, beziehungsweise habe ich den hier in ihrem Magen gefunden. Aber ich weiß noch nicht, wozu er gut ist.« Percy bewahrte den grünlich-violett schillernden, wachteleigroßen Stein direkt neben der Leiche in einem Plastikbeutel auf. »Er beginnt zu zerfallen, sobald ich ihn mehr als einen Meter von der Hexe wegbringe. Anscheinend ist er magisch mit ihr verbunden, selbst nach ihrem Tod.«

»Interessant«, raunte Rune, wobei er nicht den Stein, sondern immer noch Percy anblickte. Dicht stand er bei ihm und duftete unglaublich intensiv nach Mann, Wildheit und Erregung, was seine Inkubus-Sinne völlig verrücktspielen ließ. Runes Hormone wirkten auf ihn wie ein sehr starkes Aphrodisiakum. Er wollte sich nur noch von diesem einen Gestaltwandler nähren, dessen Samen kosten und sich von Runes sexueller sowie körperlicher Energie durchströmen lassen. Doch dazu müsste Percy ihm irgendwie näherkommen, Rune endlich aus seiner Jeans schälen und seine nackte Haut berühren.

Hastig schob er die Leiche zurück ins Kühlfach, warf den Handschuh in einen Mülleimer und streifte sich seinen Kittel ab, weil sich darunter die Wärme staute. Trotz der niedrigen Temperaturen in diesem Raum war ihm plötzlich furchtbar heiß.

Kaum verhüllte der weiße Stoff nicht mehr seine Figur, blähten sich Runes Nasenflügel, als würde er Percys Duft einatmen. Er trug lediglich ein leichtes Männerparfüm, doch allem Anschein nach versuchte Rune mehr von ihm zu erschnüffeln. Dessen sensible Wandlersinne machten das möglich. Ob der sexy Ermittler auch hörte, wie schnell sein Herz schlug?

Percy spürte deutlich, dass der Wandler ihn abcheckte, heute intensiver als jemals zuvor. Der Kerl wollte etwas von ihm. Warum legte er die Karten nicht endlich offen auf den Tisch, sondern machte immer wieder einen Rückzieher? An den Tatorten, an denen sich ab und zu ihre Wege kreuzten, wirkte er weder zurückhaltend noch scheu, zumindest, wenn er sich mit anderen unterhielt. Was sollte also dieses nervige Katz-und-Maus-Spiel? Hatte Rune Angst, jemand könnte ihn verurteilen, weil er schwul war? Gerade für Wandler, die sehr offen mit ihrer Sexualität umgingen, sollte das wirklich kein Thema sein.

Percys Herz machte einen aufgeregten Satz, als Rune den Mund öffnete und sich schon beinahe lasziv über die Unterlippe leckte – doch dann raunte er nur: »Danke für den Bericht«, drehte sich auf dem Absatz um und ging durch die Tür zurück ins Labor.

Ich bringe ihn um!, dachte Percy, schob schnell seine steinharte Erektion in der engen Hose in eine angenehmere Position und folgte ihm. *Aber zuerst vernasche ich ihn nach allen Regeln der Kunst, sodass er nicht mehr weiß, wo oben, unten, vorne oder hinten ist!*

Anstatt das Labor zu verlassen, blieb Rune an dem Tisch stehen, auf dem sich Percys Mikroskop und weitere Geräte befanden, und beugte sich scheinbar interessiert darüber. »Woran arbeitest du gerade?« Dabei stützte er sich auf der Platte ab, sodass sich die Muskeln in den Oberarmen anspannten. Außerdem streckte sich sein heißer Arsch nun fast vor Percys Lenden.

Du willst es doch, Löwenmann, also stell dich nicht so an!, dachte Percy, halb wahnsinnig vor Erregung und Zorn.

Er warf seinen Kittel über die Stuhllehne und überlegte, ob er Rune nun einen Vortrag über »Mitose bei durch einen Angus-Zauber verbundenen Nymphen« halten sollte – aber sicher hatte der Kerl nicht deshalb gefragt. Er wollte bestimmt mehr Zeit mit ihm hier unten verbringen. Oder? Womöglich überlegte er ja endlich, den ersten Schritt zu machen?

Also gut, wenn der Herr Löwenwandler nicht den Mumm aufbrachte, mit der Sprache herauszurücken, würde er das jetzt übernehmen. Er musste endlich wissen, was diesen

Mann dazu trieb, ständig unnötigerweise zu ihm in den Keller zu kommen!

Tief atmete Percy durch und fragte, nicht ohne ein wenig Schärfe in der Stimme: »Warum besuchst du mich so oft?«

Sein Arbeitsbereich lag zehn Stockwerke unterhalb der Erde, während sich über ihm das Wesengefängnis und an der Oberfläche die Büroräume des Departments befanden. Das DPI war die Wesenpolizei, und Spezies fast aller Arten waren hier angestellt. Für gewöhnlich bekam Percy nicht oft Besuch, außer von der Wolfswandlerin Shannon, die schon lange seine beste Freundin war und ebenfalls hier arbeitete. Meist brachte nämlich ein Laufbursche Percys Akten mit den medizinisch-forensischen Daten zu den jeweiligen Angestellten, die versuchten, die entsprechenden Fälle zu lösen, oder Percy schickte die Berichte per E-Mail raus.

Rune wirbelte herum und stützte nun die Hände hinter sich an der Tischplatte ab. »Ich bin Ermittler«, knurrte er — und dessen vor Panik weit aufgerissenen Augen passten so gar nicht zu seinem eher bedrohlich wirkenden Äußeren. Sofort trat er einen Schritt zur Seite, als hätte Percy ihm einen Stromschlag verpasst, und grollte: »Es gehört zu meinem Job, mich zu informieren.«

Fuck! Percy wurde aus dem Mann nicht schlau, doch er brauchte endlich Gewissheit, ob Rune mehr von ihm wollte als dienstliche Details — die er ja auch aus den Berichten kannte. Deshalb startete er einen weiteren Versuch. »Du musst nicht persönlich bei mir vorbeisehen.«

»Deine Arbeit interessiert mich aber«, antwortete Rune eine Spur zu harsch.

Fasziniert betrachtete Percy die Bewegungen seines Kehlkopfes, als er schluckte. Vehement mied Rune seine

Blicke und schob die großen Hände in die Jeanstaschen. »Ich kann in Zukunft aber gerne in meinem Büro bleiben, wenn dich meine Anwesenheit stört.«

Begriffsstutziger Löwe!

»Ich habe hier unten gerne Gesellschaft«, erklärte Percy ruhig und setzte sein attraktivstes Inkubus-Lächeln auf. Er musste jetzt aufs Ganze gehen oder er würde Rune verlieren. Der Mann besaß gewaltige Hemmungen, das spürte Percy deutlich! Deshalb säuselte er zuckersüß: »Deine Anwesenheit finde ich besonders angenehm.«

Plötzlich verfinsterte sich Runes Blick und über seine goldbraunen Augen legte sich ein schwarzer Schimmer. »Willst du mich verführen, Dämon?«

Percys Lächeln verschwand so abrupt, als hätte Rune ihm ins Gesicht geschlagen. Wut füllte seinen Magen wie scharfe Galle, und er baute sich mutig vor ihm auf, die Hände in die Hüften gestemmt, um zornig zurückzufunkeln. »Hör mir mal zu, du unsensibler, begriffsstutziger Rüpel. Seit Wochen kommst du fast täglich zu mir, um nach Sachen zu fragen, die bereits in den Berichten stehen, und machst mir Hoffnungen – um sie danach jedes Mal wieder brutal zu zerschlagen! Es könnte aber auch einfach nur sein, dass du zu dumm zum Lesen bist oder ich deine Signale völlig falsch deute!«

Rune schnaubte und verschränkte die Arme vor der Brust. »Ich mache *dir* Hoffnungen? Du hast deinen Inkubus-Lockstoff versprüht, seit ich dich zum ersten Mal gesehen habe!«

Jetzt reichte es. Kraftvoll bohrte Percy seinen Zeigefinger in einen der harten Brustmuskeln, die sich ihm bedrohlich entgegen wölbten, und knurrte: »Ich setze während meiner Dienstzeit überhaupt keine Lockstoffe ein, höchstens meinen Charme! Und wenn du dem nicht gewachsen bist,

Löwchen, ist das nicht mein Problem!«

Runes Miene wurde noch schwärzer, und er schlug Percys Hand weg. »Ich traue nun mal keinem Dämon und erst recht keinem Inkubus!«

»Na, dann haben wir ja alles geklärt!« Resolut deutete Percy auf die Tür zum Flur. »Raus aus meinem Labor!« Er versuchte mit aller Macht, ein paar aufsteigende Zornestränen zurückzuhalten. Noch nie hatte er geweint, zumindest nicht wegen eines rüpelhaften Typen, und würde es auch jetzt nicht tun. Verdammt, der Kerl brachte ihn aber auch völlig durcheinander!

Rune rührte sich nicht von der Stelle. Stattdessen wurde sein Gesicht weicher; er wirkte sogar ein wenig nachdenklich und starrte Percy mit leicht gerunzelter Stirn eindringlich an. Seine Oberarmmuskeln zuckten, während sich seine Finger krümmten. Überlegte Rune etwa, die Krallen auszufahren, um ihn zu zerfleischen? Runes Atmung hatte sich ebenfalls beschleunigt und sein mächtiger Brustkorb hob und senkte sich immer schneller. Doch Percy würde nicht zurückweichen, denn er war weiterhin stinksauer. Was glaubte dieser Kerl eigentlich, wer er war? Erst machte Rune ihn wochenlang heiß, um ihn dann zu beschimpfen!

Immer noch musterte der ihn mit heißen Blicken, die sich wie glühende Nadeln in Percys Haut bohrten. »Da, du tust es schon wieder!«, rief Percy und keuchte. »Hast du nicht gerade behauptet, du würdest Dämonen hassen und ganz speziell Inkubi? Oder willst du mich jetzt mit deinem Hitzeblick rösten?« Oh, und wie heiß ihm war! Wahrscheinlich würde er tatsächlich gleich Feuer fangen.

Auf einmal schien die Luft zwischen ihnen nicht mehr nur von Wut geschwängert zu sein, sondern sie knisterte auch vor erotischer Erwartung. Runes Fänge hatten sich verlängert, und er schabte mit den Spitzen seiner Eckzähne ununterbrochen über seine Lippen oder spielte mit der Zunge daran herum wie ein Vampir, der überlegte, sein Opfer jede Sekunde zu beißen und auszusaugen.

Der Anblick setzte Percy nun vollends in Brand, und sein Schwanz, der zuvor kurz an Standfestigkeit verloren hatte, war nun steif wie nie und sabberte seine Hose voll.

Was war denn nun wieder los?

Als Rune ein dunkles Knurren ausstieß und eine seiner großen Hände in Percys Nacken legte, um ihn daran an seine harte Brust zu ziehen, verstand er gar nichts mehr. Runes heißer Kuss traf ihn mit solcher Wucht, dass er beinahe das Gleichgewicht verlor. Bereitwillig ließ er sich gegen den muskulösen Körper sinken, krallte die Finger in Runes T-Shirt und ergab sich voll und ganz den hungrigen Lippen, die seinen Mund fast schon gewaltsam in Besitz nahmen. Sämtliche Wutüberbleibsel in seinem Magen verwandelten sich in springende Elfen, die darin einen wilden Tanz aufführten.

Heaven, der Kerl konnte küssen! Genau so, wie Percy es liebte: besitzergreifend, rau, forsch.

Runes Zunge drängelte sich immer wieder in seinen Mund, und Percy kam ihm züngelnd entgegen. Der Kerl schmeckte nach wildem Mann und purem Verlangen, würzig und süß zugleich. Als Runes Bartstoppeln an seiner Wange kratzten, stöhnte Percy lustvoll auf, und als sich dessen andere Hand in seinen Rücken drückte, um ihn noch fester an sich zu ziehen, glaubte sich Percy im Himmel. Er ergab sich vollkommen den gierigen Zungenschlägen und streichelnden Händen an seinem Körper, während er wie hilflos in dem kräftigen Griff dieses großen, starken Mannes hing.

Heaven, was ging hier vor? Normalerweise verführte Percy die Männer, nicht umgekehrt.

Als er kurz zu Atmen kam, raunte er mit verklärtem Blick und schwindlig vor Lust: »Ich dachte, du traust keinem Dämon?«

»Ich muss ihnen nicht trauen, um sie ficken zu können.«

Bei diesen direkten, harten Worten durchströmten Percy pure Ekstase und Vorfreude, und sein hartes Geschlecht pochte vor wildem Verlangen. Außerdem verspürte er einen plötzlichen Hunger und glaubte, er würde sterben, wenn er sich nicht gleich von Rune nähren könnte. Sofort riss Percy an dessen T-Shirt, das der sich ohne zu zögern über den Kopf zog, und murmelte in seinen Mund: »Büro.«

Als Rune ihn einfach am Po hochhob, schlang Percy die Beine um den harten Leib und ließ sich von ihm in den zum Glück perfekt aufgeräumten angrenzenden Raum tragen, in dem ein Schreibtisch sowie eine große, gemütliche Couch standen. Percy spürte warme, glatte Haut unter seinen Fingern, und ein intensiv-männlicher Duft stieg davon auf.

Rune legte den Kopf in den Nacken, und Percy erspähte erneut seine vor Erregung verlängerten Eckzähne. Raubtierfänge ...

Heaven, dieser Wandler war das heißeste Gerät auf Erden!

Während Rune mit seinen kräftigen Fingern Percys Gesäß knetete, raunte er: »Dein kleiner, fester Arsch macht mich seit Wochen verrückt!«

»Tut er das?«, krächzte er, wobei sein Körper nun völlig unter Strom stand. *Bitte, lass das keinen Traum sein!*

Kaum im Büro angekommen, ließ Rune ihn einfach los, sodass er mit dem Hintern auf der Couch landete. Nun konnte Percy endlich Runes nackten Oberkörper richtig erkennen. Die Schultern waren unglaublich breit, das Becken schmaler. Mit in den Nacken gelegtem Kopf blickte Percy zu ihm auf und bewunderte die prachtvollen Brustmuskeln, die sich unter der Haut wölbten. Sie schimmerte golden, genau wie seine Augen.

Muskelpakete dominierten den gesamten Oberkörper, zeugten von Kraft und Schnelligkeit, und die leichte Behaarung lud dazu ein, mit den Fingern hindurch zu streicheln. Etwas tiefer befand sich ein astreines Six-Pack, nein, eigentlich ein Eight-Pack! Dort bewiesen bleiche Narben, die sich kreuz und quer über den Bauch zogen, dass Rune seine geschmeidigen Muskeln nicht nur zur Zierde hatte. Und noch weiter südlich, unterhalb des Nabels, führte ein Streifen dunkler Härchen in die Jeans, die sich ordentlich, besser gesagt … *gewaltig* ausbeulten!

Was für ein sexy Kerl dieser Wandler war!

Percy schluckte hart. Rune strahlte pure, männliche Schönheit aus.

»Hast du mit einem anderen Wandler gekämpft?« Zärtlich strich er mit den Fingern über die alten, längst verheilten Schnitte. »Ich hoffe, der Bestie, die dir das angetan hat, hast du es ordentlich gezeigt.«

»Der Drecksack lebt nicht mehr«, knurrte Rune.

»Gut«, hauchte Percy, kaum noch fähig, zu sprechen.

Er verlor endgültig seine Sprache, als Rune mit seiner dunklen, rauen Stimme befahl: »Zieh dich aus!« Wie ein Gladiator sah er dabei auf Percy herab, weshalb er sich schon fast allein von diesem Anblick ergoss.

Endlich!

Hektisch fummelte er an seiner Hose herum, während Rune dicht vor ihm stand, ihn mit gierigen Blicken verschlang und seine eigenen Jeans öffnete. Darunter trug er enge schwarze Shorts, aus deren Bund eine pralle Eichel spitzte.

Heaven, was für ein Gerät! Rune war gebaut wie ein Gott!

Percy beeilte sich mit seiner Kleidung, während Rune lediglich Jeans und Shorts bis zu den Knien herunterließ. »Dreh dich um!«, diktierte er Percy, kaum dass er nackt war, »und strecke mir deinen Arsch entgegen!«

Okay, der Kerl hielt sich nicht lange mit einem Vorspiel auf, dagegen hatte er nichts einzuwenden, nicht heute. Als Sexdämon war er ohnehin immer bereit. Dennoch erlaubte er sich, Rune ein paar weitere Sekunden zu betrachten. Wie ein barbarischer Herrscher stand er aufrecht und bedrohlich vor der Couch und hielt seinen kräftigen, harten Schwanz fest. Jede Menge Lusttropfen perlten bereits aus der prallen Kuppe, woraufhin Percy das Wasser im Mund zusammenlief.

Ein kehliges Knurren lenkte seinen Blick nach oben über das Eight-Pack und die ausgeprägten Brustmuskeln bis zu den leicht geöffneten Lippen, zwischen denen scharfe Fänge hervorspitzten. Ein Anblick zum Dahinschmelzen! Alles an diesem Mann schien nur aus Kraft und purer sexueller Energie zu bestehen. Percy selbst war zwar schlank, aber auch nicht gerade schwach. Seine Figur zeigte eher die langen, flachen Muskeln eines Läufers. Am stolzesten war er auf seinen Knackarsch, den er nun Rune entgegenstreckte und sich dabei mit beiden Händen an der Couch abstützte.

Rune grollte hinter ihm vor Erregung, bevor Percy dessen Hände an seinen Pobacken fühlte. Sie wurden leicht auseinandergezogen, weshalb Rune nun alles sehen konnte. Das stachelte Percys Lust weiter an.

»Mal testen, ob es stimmt, was ich über Inkubi gehört habe.« Knurrend rieb Rune seine feuchte Eichel an Percys Eingang. »Dass ihr immer nass seid wie eine gierige Pussy.«

Tatsächlich besaßen Inkubi spezielle Drüsen direkt hinter dem Anus, die eine glitschige Flüssigkeit absonderten, weshalb sie auf Gleitgel verzichten konnten.

Als Rune ihn mit einer Hand fest am Becken packte, durchbrach dessen gewaltige Eichel keine zwei Sekunden später Percys Ringmuskel. Weit dehnte Rune ihn auf und bohrte sich schnell und tief in ihn. Ein gewöhnlicher Mensch hätte wohl vor Schmerzen geschrien, aber Percy war zum Glück kein Normalsterblicher und genoss die harte Dehnung. Vor Lust sah er explodierende Sternchen, danach keuchte er bloß noch vor Erregung. Nie zuvor hatte ihn ein Kerl so extrem ausgefüllt. Runes mächtige Eichel massierte eine Drüse in ihm, die der Prostata ähnelte und ihn höchste Lust empfinden ließ. Sein Schwanz pochte höllisch und zuckte unentwegt, doch er vermied es, ihn anzufassen, ansonsten würde er sofort abspritzen. Er wollte die enorme Dehnung noch länger genießen.

Rune knurrte permanent wie ein hungriges Raubtier. »Du bist tatsächlich nass und eng wie eine geile Pussy.«

Ob Rune schon einmal was mit einer Frau gehabt hatte?

Der Gedanke verpuffte, als der sich wie ein Berserker in ihn trieb und ihn so hart fickte, dass ihm das Blut in den Ohren rauschte und er die Finger regelrecht in die Couch krallen musste.

Heaven, er würde sich nicht mehr lange beherrschen können! Sein Unterleib stand unter Strom, und mit jedem neuen Hieb kamen weitere, noch prickelndere Lustimpulse dazu.

Als sich Rune besonders tief in ihn trieb und seine Stöße mit einem Mal verlangsamte, drückte er sich von hinten an ihn, küsste und leckte seinen schweißnassen Rücken und fuhr mit einem Arm um Percys Körper.

»Komm!«, knurrte er, wobei er Percys Schwanz fest umschloss. »Komm für mich, Dämon!«

Das musste Rune ihm nicht noch einmal sagen. Schon zuckte Percys Geschlecht in der großen, leicht rauen Hand, und er schleuderte seinen Samen auf die Couch, als Rune ihn mit seiner eigenen Saat füllte. Wohlige Hitze flutete sein Inneres, während ihn neue Energie durchströmte. Rune hörte nicht auf, in ihn zu pumpen, und schenkte ihm neue Lebenskraft sowie fünf, sechs, sieben! Ladungen Sperma.

Während Percy dieses Überangebot an geballter Energie in sich aufsaugte und sich wie im Drogenrausch fühlte, schnürte sich sein Herz dennoch zusammen. Das musste in nächster Zeit der einzige Sex mit Rune bleiben oder er würde den Mann umbringen. Wieso besaß der bloß solch eine große Menge an Lebenskraft? Selbst für einen so großen und starken Wandler war das außerordentlich viel. Percy hatte bereits den einen oder anderen Wandler vernascht, nur hatte ihm niemand zuvor so viel Energie geschenkt.

Percy wäre gerne noch länger mit Rune verbunden gewesen, doch der zog sich abrupt zurück, schloss die Hose und verließ, ohne sein Shirt zu holen oder sich nach Percy umzudrehen, fluchtartig das Büro.

Nackt und etwas verloren stand er vor der Couch und blickte abwechselnd von der Sauerei, die er auf den Polstern hinterlassen hatte, zur Tür, durch die Rune nach draußen gestürmt war.

»Hat mich auch gefreut!«, rief Percy, obwohl er wusste,

dass Rune ihn nicht mehr hören würde, und machte sich auf die Suche nach einem Lappen.

Für gewöhnlich ging es ihm nach dem energiespendenden Sex hervorragend. Heute dagegen hatte er zwar seinen nagenden Hunger nach Lebenskraft mehr als gestillt, dennoch fühlte er sich nicht mehr ganz, als wäre ihm etwas Wichtiges abhandengekommen.

Rune war schon ein seltsamer Typ. Erst traute er sich wochenlang nicht, den ersten Schritt zu machen, dann ging er gleich aufs Ganze und lief anschließend davon. Zum ersten Mal fand Percy es doch einmal nützlich, dass sich seine Geschlechtspartner am nächsten Tag nicht mehr an den Sex mit ihm erinnern konnten. Vielleicht würde er diese »Aktion« in etwa einem Monat noch einmal wiederholen. Bis dahin hatte sich Rune hoffentlich von dem immensen Energieverlust erholt. Dann würde es Percy aber richtig angehen, den Süßen zuerst ins Kino oder zum Essen einladen, um ihn anschließend mit allen Mitteln zu verführen …

»Ts.« Percy schnaubte, als er zum Waschbecken schlenderte und in den Spiegel sah. »Es darf kein nächstes Mal geben, sonst komme ich von dem heißen Gerät gar nicht mehr los.« Seine Wangen waren tief gerötet, als hätte er Fieber, und frische Lebensenergie summte in seinem Körper. Wenn ihn Sex jedes Mal so sehr aufladen würde, bräuchte er sich nur maximal alle zwei Wochen zu nähren und nicht drei Mal in der Woche. Die sprichwörtlichen Bäume könnte er wahrscheinlich gerade wirklich ausreißen, so stark fühlte er sich. Doch statt die Kraft zu genießen, war ihm eher danach zumute, den Kopf hängen zu lassen.

Kapitel 2

Rune ließ frustriert die Faust auf seinen mit Akten überfüllten Schreibtisch knallen und knurrte leise. Was hatte ihn gestern nur geritten, wie ein wildes Tier über Percy herzufallen?

Rune saß im Erdgeschoss des DPI in einem der Großraumbüros, um sich diverse Berichte über die letzten Hexenmorde durchzusehen, bevor er nach Queens fahren wollte, um weitere Zeugen zu befragen. Dort waren vor drei Tagen zwei junge Hexen spurlos verschwunden. Die Sache könnte vielleicht etwas mit den aktuellen Morden zu tun haben.

Diese Fälle würden ihn von Percy ablenken. Besser, Rune kam dem sexy Forensiker fortan nicht mehr zu nahe. Leider schien der Dämon bereits bei ihrer ersten Begegnung an einem Tatort vor ein paar Wochen seine Inkubus-Lockstoffe versprüht zu haben, denn seit dieser lauen Frühlingsnacht bekam Rune den heißen Kerl nicht mehr aus dem Kopf.

Dank seiner geheimen zweiten Wesenhälfte hatte Rune damals sofort gewittert, welcher Spezies Percy angehörte, und ihn zu meiden versucht – vergeblich. Es zog ihn immer wieder zu ihm hin.

Warum, verflucht noch mal, musste Percy ausgerechnet ein Dämon sein? Er hasste diese listigen Schweinehunde!

Doch war Percy tatsächlich listig und verlogen? Falls ja, würde er garantiert nicht hier arbeiten. Er war der einzige Gerichtsmediziner beziehungsweise Forensiker beim DPI und sollte zusätzlich ein wahres Computergenie sein, weshalb er unter den Ermittlern als absoluter Nerd galt. In dem

Dämon steckte mehr, als es den Anschein hatte.

Wusste Percy vielleicht, welches Wesen sich noch in ihm, Rune, verbarg? War das eine List des Dämons, um ihn zu töten, wenn er hilflos und am verwundbarsten war?

Nicht daran denken … Rune mochte vielleicht eines der körperlich stärksten Geschöpfe sein, die hier arbeiteten, aber tagsüber, wenn seine andere Wesenhälfte die Kontrolle übernahm, war er noch hilfloser als ein Baby und ein leichtes Opfer für alle Dämonen, die seine Spezies hassten.

Zum Glück befand er sich heute Nacht allein im Büro, weshalb sich niemand wundern würde, warum er seit bestimmt zehn Minuten auf einen schwarzen Monitor starrte. Percys perfektes, androgynes Gesicht schien darauf zu schweben, wunderschön und ohne einen Makel. Der Inkubus besaß dichte Wimpern, eine gerade Nase, sinnliche Lippen, extrem blaue Augen und war zumindest optisch höchstens fünfundzwanzig Jahre alt. Tatsächlich könnte er bereits hunderte Jahre hinter sich haben und trotzdem jung und perfekt aussehen. Nun wusste Rune auch, dass der Rest des Dämonenkörpers genauso perfekt und makellos war. Zwischen Percys knackige Pobacken zu tauchen, war das Erregendste gewesen, das er je erlebt hatte!

Schnell verdrängte er die aufsteigenden Bilder und Gefühle, die er verspürt hatte, als er sich in diesem kleinen, engen und verdammt willigen Hintern versenkt hatte.

Natürlich hatte Rune bereits ein paar Kerle vernascht, nachdem er schon sehr früh herausgefunden hatte, dass ihn Frauen völlig kalt ließen. Doch das, was er mit dem Dämon erlebt hatte, übertraf seine bisherigen Vorstellungen. Allein dessen süßer Mund und die neckende Zunge hatten ihn so scharf gemacht, dass er völlig die Kontrolle über sich verloren hatte!

Das imaginäre Percy-Gesicht auf dem Monitor schien ihm zuzuzwinkern und ihn verführerisch anzulächeln. Bei den Gedanken an den sexy Inkubus vollführte Runes Herz wilde Sprünge gegen seinen Brustkorb, als wäre er ein schwer verliebter Teenager.

Er hat dich mit seinem Lockstoff infiziert!, dachte er wütend und ließ die Faust noch einmal auf den Tisch sausen. Niemals könnte er sich aus freien Stücken zu einem Dämon hingezogen fühlen! Zum Glück befand sich der Kerl gerade zehn Stockwerke tiefer unter der Erde.

Plötzlich stellten sich seine Nackenhaare auf, noch bevor er hörte, wie hinter ihm die Tür geöffnet wurde. Sofort wehte ihm Percys wahnsinnig erregender Duft in die Nase – dann stand der sündhafte Verführer auch schon neben ihm, um einen Bericht auf seinen Tisch zu legen.

Seit wann kam er persönlich vorbei? Runes Magen zog sich zusammen, er ahnte Schlimmes.

Leise sagte Percy: »Du warst heute noch gar nicht bei mir.«

»Hab viel zu tun«, murmelte er und schaltete hastig seinen Computer ein. Anschließend zog er den Bericht zu sich und warf schnell einen Blick auf Percy. »Danke.«

Der Dämon schien heute noch heißer auszusehen als gestern. Er hatte sich wie immer die schwarzen Haare zu frechen Stacheln gestylt und trug ein eng anliegendes rotes T-Shirt, durch das Rune den Piercing-Stecker erkennen konnte, der durch Percys rechte Brustwarze ging – woraufhin ihn schlagartig die Lust befiel, daran zu saugen, verdammt!

Genau wie Rune selbst hatte auch Percy heute Bluejeans an, die an so vielen Stellen Löcher aufwiesen, dass eine

Menge milchiger Haut hindurchblitzte. Sofort sah Rune den Mann wieder vor sich, wie er nackt auf der Couch gesessen und unschuldig, aber erwartungsvoll, zu ihm aufgeblickt hatte.

Rune wollte sich für sein Verhalten von gestern entschuldigen, aber seine Zunge lag wie ein Stein im Mund und seine Kehle fühlte sich wie zugeschnürt an. Außerdem wusste er: *Percy ist nicht unschuldig! Er hat es geplant, mich zu verführen und mich auszusaugen, bis ich fast wahnsinnig vor Lust geworden bin!*

Am meisten ärgerte ihn, dass ihm der Sex außergewöhnlich gut gefallen hatte.

Das liegt nur an den Inkubus-Hormonen!

Rune zuckte leicht zusammen, als Percy ihn kurz hauchzart an der Schulter berührte und fragte: »Bedrückt dich etwas?«

Schnell schaute er zu ihm auf, und Percys große blaue Augen wurden noch größer, als sich seine Wangen erhitzten.

Abrupt brach Rune den Blickkontakt ab.

»Heaven«, wisperte Percy und hörte sich sowohl überrascht als auch freudig erregt an. »Du kannst dich an alles erinnern!«

Natürlich konnte er das. Wie sollte er den heißesten Sex seines Lebens vergessen können?

»Ja, du kannst dich an alles erinnern«, sagte Percy ehrfürchtig und grinste so dermaßen süß, dass es in Runes Magen heftig kribbelte.

Er knurrte ungehalten. Konnte der Dämon nicht endlich verschwinden oder wenigstens das Thema wechseln?

Stattdessen sagte er: »Menschen erinnern sich nicht an den Sex mit mir.«

»Ich bin ein Löwenwandler«, murmelte Rune.

»Wandler zähle ich zu den Menschen. Zumindest hat sich bis jetzt kein Wandler mehr erinnern können.«

Rune wettete, dass Percy wahrscheinlich schon viele Schwänze in sich gehabt hatte. Ach was … wetten … Er war sich sicher, schließlich konnten Inkubi nur durch Sex überleben!

Die Vorstellung, Percy mit anderen zu sehen, bereitete ihm Magenschmerzen. Wenigstens konnten sich all seine Liebschaften nicht mehr an ihn erinnern. Wieso aber konnte er, Rune, das?

»Wer bist du wirklich, Rune McNamara?« Percys Iriden schienen die Farbe zu wechseln, als er sich einen Stuhl vom Nebentisch heranzog und Rune dabei nie aus den Augen ließ. Sie leuchteten smaragdgrün.

Er versuchte, ihn nicht zu beachten, und tat so, als würde er den aktuellen Bericht studieren. In Wahrheit verschwammen die Buchstaben vor seinen Augen. Niemand durfte wissen, wer oder *was* er tatsächlich war! Sollte auch nur ein Dämon davon Wind bekommen, wäre das sein Todesurteil! Schließlich lebte er nicht im Verborgenen wie die anderen Mitglieder der Klane seiner Spezies.

Percy setzte sich dicht zu ihm. »Du tauchst vor ein paar Wochen wie aus dem Nichts beim DPI auf, arbeitest ohne Partner und immer nur nachts. Keiner weiß, woher du plötzlich gekommen bist, wo du wohnst oder zu welchem Rudel du gehörst. Wahrscheinlich zu keinem, weil es in New York schon lange kein Löwenrudel mehr gibt.«

Heißkalte Schauder rieselten über Runes Rücken. Der Kerl wusste fast nichts über ihn, aber für seinen Geschmack dennoch zu viel. »Du hast dich ja schon bestens informiert«, knurrte er.

Percy zuckte mit den Schultern. »Wenn du hier was über jemanden wissen möchtest, musst du einfach nur Elvira fragen.«

Das war die grauhaarige Banshee, die ab und zu am Empfang saß. Rune hatte mit der schrulligen Alten schon Bekanntschaft gemacht. Sie grinste ihn jedes Mal wissend an und schob ihre dicke Brille auf der Nase zurecht, um ihn besser sehen zu können. Sie hatte aber noch nie etwas zu ihm gesagt, was sich auf seine geheime Seite bezog. Wahrscheinlich tat sie nur so, als wäre sie allwissend, während sie unentwegt Kreuzworträtsel ausfüllte. Trotzdem fragte er möglichst beiläufig: »Und, was hat sie noch alles erzählt?«

»Eigentlich nur, dass du Dämonen hasst, aber das weiß ich mittlerweile auch selbst. Du warst sehr direkt.« Percy senkte die langen Wimpern, spielte kurz mit seinen Fingern und schaute ihm dann direkt in die Augen. »Darum wundert es mich, dass du mit mir geschlafen hast.«

Geschlafen? Er hatte Percy regelrecht gepfählt! Sich wie ein Irrer in ihn gerammt, ohne auf ihn Rücksicht zu nehmen. Runes Hass auf alle Dämonen hatte sich mit seiner extrem starken Erregung zu einem hochexplosiven Cocktail gemischt. Das durfte nie mehr passieren!

»Wie fühlst du dich heute?« Percy blickte ihn besorgt an.

Der Inkubus wollte wissen, wie *er* sich fühlte? Rune sollte lieber Percy diese Frage stellen. Bestimmt brannte sein Hintern immer noch.

Allein die Erinnerung an Percys engen, warmen Arsch reichte, um seinen Schwanz anschwellen zu lassen. Knallhart drückte er gegen den Reißverschluss seiner Jeans.

Fuck! Warum musste ihn ausgerechnet dieser Dämon von allen Männern der Welt am meisten interessieren? Da draußen gab es unzählige Schwule, die ihn nicht von der Bettkante schubsen würden. Zwar entsprach er nicht dem klassischen Schönheitsideal, aber er war verdammt gut im Bett. Er wusste genau, was Kerle wollten, und die liebten seine Muckis und dass er richtig zupacken konnte.

Verflucht! Aber keiner von denen war so … verflixt süß wie der Inkubus, der nun neben ihm saß. Runes Herz flatterte jedes Mal, wenn er ihn nur anblickte. Seine Mutter würde sich im Grabe umdrehen, wenn sie das mitbekommen würde!

Als er nichts erwiderte, sagte Percy: »Du bist bestimmt sauer auf mich, weil ich dir einen Teil deiner Lebensenergie geraubt und dich dadurch geschwächt habe.« Er klang bedrückt.

»Es geht mir bestens«, grollte Rune — was der Wahrheit entsprach. Zwar hatte er sich nach dem Sex ein wenig erschöpft gefühlt, doch heute Abend war er vollständig regeneriert aufgewacht.

Percy beugte sich noch näher zu ihm, sodass er dessen Atem an seinem Arm spürte. »Fassen wir noch mal zusammen«, sagte er. »Du kannst dich an unseren Sex erinnern und fühlst dich heute nicht erschöpft. Deshalb frage ich dich noch einmal: Wer bist du wirklich?«

Ich kann es dir nicht sagen!, schrie er innerlich und sprang auf. »Das geht dich, verflucht noch mal, überhaupt nichts an, Dämon!«

»Ach, jetzt sind wir wieder an der Stelle«, sagte Percy gedehnt und erhob sich ebenfalls. »Weiß Mitchell, was du bist?«

Hieronymus Mitchell war ihr Vorgesetzter beim DPI und quasi der Boss von dem Laden. Gerüchten zufolge sollte er von den Nephilim abstammen und halb Mensch halb Engel sein. Vielleicht kannte Mitchell die Wahrheit. Zumindest hatte der ihn während des gesamten Einstellungsgespräches angesehen, als würde er alles über ihn wissen.

Rune wollte Percy nicht länger so grob anfahren, deshalb sagte er ruhiger: »Geht dich nichts an«, und drückte sich an ihm vorbei. »Ich muss los.«

Percy hielt ihn am Arm fest. *Sehr* fest.

Fuck, der Kerl war richtig stark! Rune wusste natürlich, dass Dämonen oft kräftiger waren, als sie aussahen, aber Percy war garantiert nur deshalb stärker als gewöhnlich, weil er sich erst gestern von ihm genährt hatte ... Argh! Das alles war ein einziges Fiasko!

»Lass mich los«, knurrte Rune und versuchte vergeblich, Percys Hand abzuschütteln.

»Lass uns doch einfach reden«, bat der ruhig.

»Ich habe dir nichts zu sagen!« Er packte Percy an den Schultern, doch der ließ weiterhin nicht locker. Im Stehen rangen sie miteinander und veranstalteten ein Kräftemessen. Wenn Rune ihn einen Schritt nach hinten drängte, stemmte sich Percy dagegen und drückte ihn wieder zurück.

Der Nerd war verflixt stark!

Rune könnte seine Klauen ausfahren, doch er wollte niemanden verletzen. Das würde ihn außerdem seine Anstellung kosten!

Percy hatte die Finger in seinen Oberarm gekrallt und blickte so grimmig drein, dass wohl jeder andere Angst vor ihm bekommen hätte. Seine blauen Iriden glitzerten gefährlich.

»Zeigst du nun dein wahres Gesicht, Dämon?«, grollte Rune und bereute seine Worte sofort wieder. Sie sollten sich beruhigen. »Findest du das nicht ein bisschen kindisch?«

»Du hast mit dem Gerangel angefangen!«

»Du hast mich zuerst gepackt«, konterte Rune.

Percy schnaubte. »Jetzt verhältst *du* dich kindisch!«

»Dann lass doch los.«

»Lass du zuerst los!«

Percy würde vielleicht von ihm ablassen, wenn Rune ihn küsste. Daher drückte er ihm einen wütenden Kuss auf – und tatsächlich lockerte sich dessen Griff.

Nun könnte er sich losreißen, stattdessen intensivierte er den Kuss. Es war ihm unmöglich, sich von den sinnlichen Lippen zu trennen.

Fuck, der Dämon tat es schon wieder, band ihn irgendwie an sich, sodass er keine Kontrolle mehr über seinen Körper hatte! »Hör auf, deine Lockstoffe einzusetzen«, knurrte Rune.

»Hör du auf mit deinen blödsinnigen Behauptungen!«

Ihr Gerangel ging in ein wildes Schmusen über und es folgten weitere, gierige Küsse, wie gestern im Labor.

Nicht gut, gar nicht gut!, dachte Runes geheime Seite panisch, während sein Löwe innerlich jubilierte. Langsam erhob sich sein Raubtier und wollte Percy am liebsten in den Nacken beißen, um ihn als den Seinen zu markieren. Seine andere Hälfte hingegen verabscheute weiterhin die dämonische Seite und wollte sie auslöschen. Doch der Beschützerinstinkt seines Löwen siegte.

Leider ließ sich der Hass gegen Dämonen nicht so einfach abschalten, er war ein Urinstinkt, auch wenn Rune wusste, dass Percy niemandem etwas zuleide tat. Ansonsten würde er auch nicht hier arbeiten dürfen. Er war ein hervorragender Forensiker und laut der Banshee Elvira – natürlich hatte Rune sie auch schon befragt – tatsächlich einer von den Guten.

Runes praller Schwanz drückte mittlerweile unangenehm gegen seine engen Jeans, und immer, wenn sich Percy stöhnend an ihm rieb, ergoss er sich beinahe.

»Hör endlich auf, deine Lockstoffe oder was auch immer bei mir einzusetzen!«, wiederholte Rune düster, bevor er Percy tief die Zunge in den Mund schob. Er konnte einfach nicht genug von dem zuckersüßen Dämon bekommen, der ihn wie eine verbotene Nascherei ständig lockte.

»Noch mal zum Mitschreiben«, erklärte der ihm atemlos, als er zwischen zwei Küssen nach Luft schnappte. »Ich setze bei dir nichts außer meinem Charme ein.«

»Lügner«, grollte Rune, öffnete die Jeans, um seinen pochenden Schwanz herauszuholen, und drückte Percy anschließend an den Schultern nach unten. Er leistete keinen Widerstand, obwohl er zuvor mit Leichtigkeit dagegengehalten hatte. Mit harter Faust umfasste Rune seinen eisenharten Schaft, um ihm dem dämonischen Verführer in den Mund zu schieben, den dieser bereitwillig geöffnet hielt.

Du wirst mich nicht ficken, ich ficke dich!, dachte Rune und unterdrückte ein wildes, erregtes Gebrüll, sodass nur noch ein Knurren in seiner Kehle vibrierte. *Ich ficke deinen gierigen, süßen Mund und werde alles tief in deinen Rachen spritzen!*

Als Percy an ihm zu saugen begann, knickten beinahe Runes Knie ein. Dieser Sexdämon verstand sein Handwerk. Er saugte gerade so fest, dass es nicht unangenehm schmerzte, und neckte mit der Zunge sein Bändchen, stupste sie in die Öffnung oder ließ sie um den wulstigen Rand der Eichel kreisen. Runes Hüften zuckten unkontrolliert, und er musste sich mit einer Hand am nächsten Schreibtisch abstützen. Feurige Lustimpulse schossen von seiner sensiblen Kuppe bis tief in seinen Unterleib, wo sie eine Batterie zu laden schienen, die jede Sekunde zu explodieren drohte.

Als Percy unschuldig zu ihm aufblickte und sein Zungenspiel intensivierte, konnte Rune den Höhepunkt nicht länger zurückhalten. Sein Sperma schoss in Percys Mund, und sein süßer Verführer verdrehte genussvoll die Augen und schluckte gierig, als hätte er nie zuvor etwas Köstlicheres probiert. Sofort nahmen seine Wangen einen rosigen Teint an, und im selben Moment spürte Rune, wie ein Teil seiner Lebensenergie auf den Inkubus überging, genau wie gestern. Das fühlte sich nicht schmerzhaft oder unangenehm an, im Gegenteil, es kribbelte ein wenig. Tatsächlich erleichterte es ihn, einen Teil von sich loszulassen, wenn ihm dafür solche Lust gespendet wurde. Rune würde es immer und immer wieder tun, damit er noch einmal in den Genuss dieser unglaublichen Gefühle kam.

Er hat dich von sich abhängig gemacht, flüsterte seine dunkle Seite. Hastig packte Rune seinen immer noch halb steifen Schwanz in die Hose, während sich Percy erhob und genüsslich über die Lippen leckte. Seine blauen Augen schienen von innen heraus zu leuchten, und Runes Herz hämmerte bei dem Anblick wie verrückt.

Percy lächelte unentwegt. »Noch nie hat jemand so gut geschmeckt wie du.« Während er sich zu ihm beugte, als ob er ihn küssen wollte, wich Rune schnell zurück und schnappte sich seine Autoschlüssel vom Tisch.

»Ich muss los!«

Percys Lächeln schwand, und ein Stachel bohrte sich in Runes Magen. Er wusste, dass er sich wie ein Arschloch verhielt, doch er konnte Percy nicht noch näher an sich heranlassen. Besser, er fragte Mitchell, ob für ihn eine Stelle in einer anderen Zweigstelle des Departments frei war, am besten eine, die sich auf einem anderen Kontinent befand. Rune liebte den Job und vor allem das geregelte Einkommen, weshalb er ihn nicht aufgeben wollte. Zuvor hatte er sich Jahrzehnte lang als Privatdetektiv durchgeschlagen, doch die Aufträge waren immer weniger geworden. Auf Menschen wirkte er unheimlich, weil er wie ein Monster aussah, und die meisten Wesen wandten sich bei Problemen an das DPI. Rune hatte sich in letzter Zeit mit seiner winzigen Kanzlei gerade so über Wasser halten können, bis ein Fall die Wege des Departments gekreuzt und Mitchell ihn gefragt hatte, ob er nicht für sie arbeiten wollte. Diese Fügung war ihm wie ein Wink des Schicksals vorgekommen, bis er auf Percy gestoßen war …

Wäre er kein verdammter Inkubus, sondern ein anderes Wesen, würde er Rune wohl nicht einmal mit seinem sexy Knackarsch ansehen. Der Dämon stand ja nur auf ihn – oder tat zumindest so –, weil er Rune als leckeren Snack sah, als immer knusprigen und nie schwindenden Energieriegel. Doch Rune wollte nicht einfach nur »Nahrung« sein, sondern er wollte einen Partner, dem er vertrauen und sich anvertrauen konnte. Er wünschte sich jemanden zum Reden und Lachen, einen Mann, neben dem er nach dem Sex einschlafen und an dessen Seite er aufwachen würde. Einen, dem er ohne zögern auch seine schlimmsten Ängste gestehen konnte. Bloß würde er nie einen Gefährten finden, dem er die Wahrheit über sich erzählen durfte. Er hatte geschworen, sich und sein dunkles, geheimes Wesen, genau wie dessen ganze Art, zu beschützen. Sollte er den Eid brechen, würde der Klan ihn umbringen.

Kapitel 3

Percy blickte Rune nach, bis er aus dem Büro verschwunden war, und seufzte sowohl resigniert als auch sehnsüchtig. Zu gerne wollte er mehr von dem großen, heißen Mann als genialen Sex oder sich von ihm zu nähren. Percy sehnte sich bereits ewig nach einem festen Partner, und endlich schien er sein perfektes Gegenstück gefunden zu haben. Weder vergaß Rune, was sie getan hatten, noch wurde er dauerhaft dadurch geschwächt. Alles könnte einmal passen, wenn der Kerl nur nicht diese hohe Mauer zwischen ihnen errichtet hätte. Percy musste das Geheimnis ergründen, das Rune blockierte, weshalb er sofort mit Phase eins beginnen würde: Runes DNS zu entschlüsseln. Percy hatte etwas Sperma in seinem Mund zurückbehalten, auch wenn es ihm verdammt schwerfiel, den letzten, köstlichen Rest nicht zu schlucken. Er joggte in sein Labor und machte sich sofort an die Arbeit.

Viele Stunden später hatte er eine Antwort und blickte erstaunt auf das Ergebnis. Rune war zu dreiundsechzig Prozent ein Löwenwandler. Der Rest gehörte zu einer Wesenart, mit der Percy in all seinen über hundert Lebensjahren noch nie persönlich zu tun, geschweige denn Kontakt hatte. Nun wusste er endlich, woher Runes Hass auf Dämonen kam, denn er war nicht nur ein Löwenwandler, sondern auch ein Gargoyle. Percy musste sich setzen und atmete tief durch. »Heaven«, flüsterte er und rief sich ins Gedächtnis, was er über diese Spezies wusste. Sie hatten es sich schon vor Jahrtausenden zur Aufgabe gemacht, die Menschen vor allem Bösen zu beschützen. Überwiegend bekämpften sie Dämonen, die sich an der dunklen Energie labten, die frei wurde, wenn sie Frauen, Männer und Kinder ins Verderben zogen. Gargoyles zeigten sich anderen nur ins Ausnahmesituationen und lebten unter sich in Klane, perfekt versteckt vor dem Rest der Welt. Einige saßen tagsüber, wenn ihre Körper versteinerten, auf Kirchen, die Gesichter zu grässlichen Fratzen verzerrt, um abschreckend zu wirken. Auf geweihten Gebäuden waren sie sicher vor Dämonen, weil diese dort keinen Zutritt hatten. Während des Steinschlafes waren Gargoyles am verletzbarsten, doch sie regenerierten sich dann auch meist vollständig von allen Verletzungen. Dank des Steinschlafes wurden sie auch viel älter als Menschen oder andere Wesen.

»Heaven …«, wisperte Percy erneut. War das der Grund, warum sich Rune von dem energiezehrenden Sex so schnell erholt hatte? Weil auch er tagsüber versteinerte?

Percys Herz machte einen schmerzhaften Satz. Hatte Rune Angst, Percy könnte herausfinden, wo er wohnte, um ihn im Schlaf zu töten?

Trotz dieser Gedanken stahl sich ein fettes Grinsen auf seine Lippen. »Der Süße ist perfekt!« Jetzt musste er Rune nur noch überzeugen, die Vorurteile ihm gegenüber abzulegen – schließlich brachte er niemanden um –, dann würde einer richtigen Beziehung nichts mehr im Weg stehen. Es gab nur ein Problem: Wie machte er Rune klar, dass er herausgefunden hatte, woher dessen Abneigung beziehungsweise Ängste stammten? Wenn Percy ihn damit konfrontierte, dass er hinter seinem Rücken seine DNS entschlüsselt hatte, würde ihm das sicher nicht gefallen und er würde Percy für hinterhältig, gerissen und falsch halten. Das waren Eigenschaften, die den Dämonen schließlich zugesprochen wurden.

Fuck! Er saß ziemlich in der Klemme.

***

Zum Glück besuchte ihn am nächsten Tag seine beste Freundin Shannon, die seit ein paar Monaten mit dem Vampir Nicolas zusammenlebte. Die beiden schauten zwischen ihren Einsätzen öfter mal bei ihm vorbei, und Nick nahm in seinem Labor gerne den einen oder anderen »Drink« zu sich. Percy sammelte seltene Blutsorten, und »Lichtelfe« fand sein Lieblingsvampir besonders lecker – neben Shannons Blut natürlich. Es grenzte an ein Wunder, dass die zwei zusammen sein konnten, und Percy hoffte, selbst auch solch ein Wunder mit Rune erleben zu dürfen.

»Hey, Süße«, sagte er, als Shannon eintrat und er sie an sich drückte, um ihr ein Küsschen zu geben. Ihr langes braunes Haar floss offen über ihre nackten Schultern, denn sie trug ein Spaghetti-Top und Shorts, die ihre langen Beine sehr sexy zur Geltung brachten. »Fantastisch siehst du aus. Der Vampir bekommt dir.«

»Das will ich auch hoffen«, sagte Nick, der ihn ebenfalls kurz umarmte. Der dunkelhaarige, große Italiener war neben Shannon sein bester Kumpel. Den beiden konnte er voll und ganz vertrauen. »Du bist allerdings ein bisschen blass um die Nase. Was ist los, Percylein?«

Theatralisch drückte er sich die Hand aufs Herz. »Ach, Nikki, ich habe mich unsterblich in Rune verliebt, aber er hasst Dämonen.«

Shannon hob die Brauen. »Rune?«

»Rune McNamara. Er arbeitet hier seit ein paar Wochen als Ermittler.«

»Ah, McNamara.« Shannon nickte. »Von dem hab ich schon mal gehört. Er soll eine gute Aufklärungsquote haben.« Beim DPI arbeiteten so viele unterschiedliche Wesen in verschiedenen Schichten, dass sich nicht alle persönlich kannten.

Nicolas nickte. »Er war früher Privatdetektiv. Hat für Jules mal einen Kobold aufgespürt, der ihm Geld schuldete.« Jules Leroy war der Vampirfürst von New York und bis letztes Jahr auch Nicks Arbeitgeber gewesen. Nun ermittelte Nick an Shannons Seite ebenfalls für das DPI. Vorher war Shannon, genau wie Rune, immer allein unterwegs gewesen und hatte einen Partner verweigert. So vieles hatte sich geändert. Veränderungen mussten nicht immer schlecht sein, vielleicht sollte er das Rune mal verdeutlichen. Bloß wie?

»Können wir irgendwas für dich tun?« Shannon blickte ihn mitfühlend an. »Wir könnten mal wieder alle gemeinsam ausgehen. Lade Rune doch einfach ein?«

Percy schüttelte den Kopf. »Er wird bestimmt nicht mitkommen. Er hasst meine Art zu sehr.«

»Das ging mir bei Nick nicht anders.«

Ihr Gefährte nickte. »Shannon und ich müssten Erzfeinde sein, aber die Liebe hat schließlich gesiegt.«

»Genau.« Verträumt blickte sie ihren süßen Vampir an und sagte dann zu Percy: »Du musst Rune einfach nur zeigen, wie liebenswert du bist.«

Er grinste schief. »Ich glaube, das habe ich bereits getan.«

Shannon riss die Augen auf. »Ihr wart schon in der Kiste?«

»Bis zu einem Bett haben wir es nicht geschafft, aber wir hatten schon zwei Mal Sex.«

Nick pfiff durch die Zähne. »Also dann steht er definitiv auf dich.«

Percy kratzte sich hinterm Ohr. »Rune denkt, ich locke ihn mit meinen Inkubus-Hormonen. Aber das mache ich gar nicht.«

»Moment mal«, unterbrach Nick ihn. »Zwei Mal, sagtest du? Aber bringst du ihn nicht um, wenn ihr es zu oft treibt?«

»Er ... ist anders«, erklärte Percy vorsichtig, weil er Runes Geheimnis wahren wollte. »Er kann sich an mich erinnern und ihm scheint der Energieverlust nichts auszumachen.«

Shannon starrte ihn begeistert an. »Er ist perfekt für dich!«

»Ja«, seufzte Percy, »das ist er. Wenn ich nur wüsste, ob ihm wirklich was an mir liegt oder ob er nur auf Sex aus ist.«

»Wir werden dir helfen, das herauszufinden.« Sie grinste frech und ihre Augen funkelten verschwörerisch.

»Was heckst du gerade aus, Süße?«, fragte Percy, sein Herz raste. »Ich will alle Details!«

Shannon erzählte ihm schnell von ihrem Plan, wobei er verzückt grinste. Nur Nikki schien ihr Vorschlag nicht zu gefallen, denn er sagte mürrisch: »Wann dachtest du, mich in deine Pläne einzuweihen, *mia pazza lupa*?«

»Sieh es doch so«, schnurrte sie und strich wie ein Schmusekätzchen um ihn herum. »Jetzt kannst du dich endlich mal ein bisschen bei Percy revanchieren. Schließlich hat er deinen süßen Arsch gerettet.«

Nick verdrehte die Augen. »Wie so oft hat meine schlaue Lupa recht.«

»Oft?« Sie lachte und gab ihm einen Kuss. »Immer!«

Percy seufzte sehnsuchtsvoll beim Anblick der beiden und wie sie miteinander umgingen. Was die zwei miteinander teilten, wollte er zu gerne auch erleben. Mit Rune, dem heißesten Löwenwandler-Gargoyle des ganzen Universums.

Kapitel 4

Drei Tage lang schaffte es Percy erfolgreich, Rune aus dem Weg zu gehen, doch er erwischte sich mehrmals dabei, wie er an dem T-Shirt roch, das Rune nach ihrem ersten Mal im Labor zurückgelassen hatte. Es tat ihm jedoch weh, dass sich der Kerl auch nicht bei ihm blicken ließ. Aber endlich bot sich die Gelegenheit, Shannons Plan in die Tat umzusetzen. Als Rune zu einem Tatort gerufen wurde, hängten sich Nick und Shannon einfach an und behaupteten, der Mord an einer Nachtwächterin könnte etwas mit ihrem Fall zu tun haben, in dem sie bereits länger ermittelten. Es traf sich gut, dass Rune die beiden bisher nicht kannte und sie ihm im DPI auch noch nicht über den Weg gelaufen waren. Shannon und Nick besaßen ihr eigenes kleines Büro in einer anderen Etage des Gebäudes, waren aber meistens unterwegs oder arbeiteten auch von zu Hause aus.

Percys Herz raste vor Aufregung, als er sich seinen Koffer schnappte und kurz vor Mitternacht mit seinem aquamarinblauen Toyota Prius zu einem Stromkraftwerk in Queens fuhr. Es lag in der Nähe von Rikers Island, auf dem sich das DPI befand, weshalb er nur wenige Minuten unterwegs war. Als er sein Hybridfahrzeug in dem menschenleeren Industrieviertel auf einem Parkplatz neben Shannons und Nicks Dienstwagen – einem dunkelgrauen Cadillac – abstellte, sah er auch Runes Auto. Ihm gehörte ein schwarzer Hummer Jeep, was Percy kein bisschen verwunderte. Runes mächtige Gestalt fand darin wunderbar Platz.

»Hier drüben sind wir!«, rief Nick, kaum dass Percy ausgestiegen war, und tauchte unter einer Laterne auf.

Er schnappte sich seinen Koffer, der alles Nötige enthielt, damit er einen Tatort untersuchen konnte, und eilte zu ihm. »Habt ihr die Nachtwächterin schon identifiziert?«

»Ja, ich habe ihren Chef angerufen. Sie heißt Camilla Jones und ist eine Hexe. Als Nachtwächterin hat sie sich hin und wieder was dazuverdient, denn eigentlich verkauft sie selbst hergestellte Talismane über das Internet.«

Wieder eine Hexe?, dachte Percy verwundert. Das war die dritte in diesem Monat.

Sie gingen an der Außenmauer des Stromwerkes entlang bis zu einer besonders düsteren Stelle. Hier gab es kaum Laternen, und auch an den Nebengebäuden brannten nur schwache Lichter über ein paar Türen. Doch da sie alle Wesen waren, die im Dunkeln gut sehen konnten, brauchten sie keine Taschenlampen. Neben Rune und Shannon lag eine rothaarige Frau auf dem Bauch. Percy schätzte sie auf etwa dreißig. Sie trug eine Wachuniform, die an einigen Stellen völlig zerfetzt war, und eine kleine Blutlache hatte sich unter ihr gebildet.

»Hi«, sagte er zu den beiden und blickte kurz zu Rune, der ihm zunickte und sich am Nacken unter dem breiten Lederband kratzte, das seine Haarmähne zusammenhielt.

Heaven, er sah so heiß aus! Sein Bizeps wölbte sich gewaltig, als würde ein kleiner Ball unter der Haut stecken, und er trug schon wieder ein verteufelt enges T-Shirt, durch das man beinahe jedes Tal zwischen seinen Bauchmuskeln erkennen konnte. Das machte der Kerl doch extra!

»Wer hat sie gefunden?«, fragte Percy atemlos. Er klang, als wäre er gerade eine Meile gesprintet. Danke auch, Rune!

»Keiner«, antwortete Shannon. »Sie konnte selbst noch einen Notruf an das DPI absenden, bevor sie starb. Leider konnte sie nichts mehr über ihren Angreifer berichten.«

Percy kniete sich neben die Leiche, holte Latexhandschuhe aus seinem Koffer und strich der Frau das rote Haar aus dem Gesicht. Es sah völlig zerkratzt aus. »Und wer ist ihr Chef?«

»Avan Springwater, ein Astralalb.« Runes tiefe Stimme brachte jeden von Percys Nerven zum Schwingen.

Hart räusperte er sich. »Das erklärt zumindest, warum er ein Stromkraftwerk besitzt.« Diese Spezies ernährte sich von Starkstrom. »Kannten er und Camilla sich gut?«

»Das wissen wir noch nicht«, sagte Nick, und sein italienischer Akzent war auf einmal überdeutlich herauszuhören, als er hinzusetzte: »Sicher kannten sie sich nicht so gut wie wir, Percylein.«

Rune riss die Augen auf, und Percy grinste in sich hinein. Dann ging es jetzt wohl los mit Shannons Plan. Nikki besaß aber auch eine sexy Stimme. Wenn Percy nicht schon bei ihrer ersten Begegnung bemerkt hätte, dass Shannon und Nick füreinander bestimmt waren, hätte er sein Glück auch bei dem Vampir versucht.

»Hat Camilla ihre Angreifer erkannt?«, wollte er als Nächstes wissen, während Nick dicht zu ihm trat und ihm schon beinahe übertrieben ins Ohr raunte: »Es waren mehrere, *tesoro mio*?«

Knurrte Rune gerade leise oder hatte jemand von ihnen einen leeren Magen?

Percys Herz raste. Mit zitternder Hand deutete er auf Spuren im Staub und konnte sich kaum noch auf seine nächsten Worte konzentrieren, weil er Runes finstere Blicke spürte, die der sowohl ihm als auch Nick schenkte. Oh, oh, hoffentlich ging Shannons Plan auf …

Vehement unterdrückte Rune ein Knurren und krümmte die Finger zusammen, damit niemand sah, wie sich seine

Krallen ausfuhren. Am liebsten wollte er diesem Schönling, der sich ihm zuvor als Nicolas Mancini vorgestellt hatte, das perfekte Gesicht zerkratzen! Doch er war keine eifersüchtige Löwin, sondern ein richtiger Kerl. Die zerkratzten keine Gesichter, sondern schlitzten ihrem Feind die Kehle auf!

Rune erschrak über sich selbst und atmete tief durch. Erstens war Nicolas kein Feind, sondern ein Kollege, und zweitens gehörte Percy ihm nicht. Der Inkubus war weder sein Gefährte noch sein Besitz.

Der sexy Nerd hat mich verflucht!, dachte er immer noch wütend und versuchte, sich abzulenken, indem er zuhörte, was Percy berichtete.

Der deutete auf ein paar Linien, die Camilla vor ihrem Tod mit dem Finger in den Staub gemalt hatte. »Sie könnte versucht haben, sich mit Runen vor ihren Angreifern zu schützen. Ich erkenne nur ein Symbol, es bedeutet *Dämonen weichet*. Außerdem sind mehr als nur ihre Fußspuren hier zu sehen.«

Dämonen! Sofort stellten sich Runes Nackenhärchen auf. Er sollte lieber wachsam bleiben, anstatt sich zu überlegen, was zwischen dem Schönling und Percy lief!

Als sich sein süßer Inkubus über die Leiche beugte und sich die enge Hose über den kleinen Knackarsch spannte, unterdrückte Rune ein Stöhnen. Dieser Verführer!

»Diesen Monat lagen schon zwei Hexen auf meinem Tisch und eine von ihnen hatte einen magischen Stein im Magen. Ihr Name war Tabea Rabenstein.« Percy öffnete den Mund der Toten und holte einen grünlich-violett schillernden, ovalen Stein heraus. »So einen wie diesen. Camilla hat es wohl nicht mehr ganz geschafft, ihn zu schlucken.«

Nick ging neben ihm in die Hocke. »Was ist das für ein Stein?«

»Das habe ich bisher leider nicht herausfinden können.« Percy zog einen Plastikbeutel aus seinem Koffer, legte den Stein hinein und schob sich die Tüte in die Tasche der dünnen Jacke, die er trug.

Shannon betrachtete die Leiche stirnrunzelnd. »Warum haben die Dämonen den Stein nicht gleich mitgenommen, als sie die Hexe getötet haben?«

Nick legte Percy kurz eine Hand auf die Schulter, bevor er sich erhob und umblickte. »Sie müssen gestört worden sein.«

Shannon drehte sich einmal im Kreis, um in die Dunkelheit zu schauen. »Von wem?«

Gargoyles ... Rune konnte sie – offensichtlich im Gegensatz zu seinen Kollegen – wittern. Sie befanden sich noch in der Nähe!

Des Öfteren spürte er ihre Anwesenheit, wenn er nachts durch die Straßen lief. Sie waren überall, beschützten Menschen, wie diese Hexe, doch sie ließen sich möglichst niemals blicken.

Während er wachsam die Ohren spitzte, beobachtete er unter Magenschmerzen, wie der Ermittler weiterhin mit Percy flirtete. Ständig machte der Italiener ihm schöne Augen, lächelte ihn an oder zwinkerte ihm zu. Percy grinste mittlerweile bis über beide Ohren. Die zwei schienen sich bereits länger zu kennen, so vertraut wie sie miteinander umgingen und wie sie sich hier und da eine Berührung schenkten, einen Schulterdruck oder einen Rückenklopfer. Ja, irgendwie betatschten sie sich ständig!

Shannon, die mit Nicolas zusammenarbeitete, beachtete die beiden Turteltauben kaum, sondern betrachtete die Kampfspuren im Staub. Wenigstens eine, die ihren Job ernst nahm!

»Nikki«, wie Percy den Italiener ständig nannte, war dazu übergegangen, Percy italienische Worte zuzuraunen, die Rune nicht verstand, aber sie hörten sich sehr erotisch an.

Obwohl Rune mittlerweile kochte und nun ernsthaft überlegte, Nicolas nicht wenigstens die Faust ins Gesicht zu rammen, ließ er sich nichts anmerken und inspizierte mit Shannon die Frauenleiche. Aber er hätte sich am liebsten übergeben vor Eifersucht und Wut auf sich selbst. Er hatte Percy mit seiner bestialischen Art direkt in die Arme eines anderen getrieben; er hatte den sexy Inkubus benutzt und danach links liegen gelassen. Percy war nicht mehr zu ihm gekommen und zeigte ihm auch jetzt die kalte Schulter. Rune hatte es nicht anders verdient.

Nein, er *hat dich benutzt und ausgenutzt. Er braucht dich nicht, sondern treibt es mit jedem!*, rief seine innere zweite Hälfte, doch Rune wusste es mittlerweile besser. Er spürte Percys Enttäuschung über seine Abweisung beinahe körperlich. Sein süßer Dämon wirkte traurig, sein Lächeln erreichte kaum einmal seine Augen und er schielte immer wieder kurz in Runes Richtung.

Fuck, er hatte ihm nicht wehtun wollen! Seit wann hatten Dämonen denn Gefühle?

Percy ist einfach anders …

Oh ja, sehr anders. Zuckersüß und verführerisch wie eine verbotene Süßigkeit und abhängig machend wie die stärkste Droge der Welt.

Plötzlich schlug die Stimmung um. Nicolas hörte schlagartig auf, mit Percy zu flirten, Shannon zog ihre Dienstwaffe und Rune griff ebenfalls nach seiner Pistole, die er an einem Holster trug. Es war an einem breiten, elastischen Band um seinen Bauch befestigt, sodass er die Waffe nicht verlor, wenn er sich in einen Löwen verwandelte.

»Wir sind nicht länger allein«, flüsterte Shannon. Sie hatte wohl die Gargoyles nicht bemerkt. Jetzt fühlte Rune nicht nur deren Augenpaare auf sich, sondern noch weitere. Auch diese Beobachter konnte er nicht sehen, nur wittern.

»Dämonen«, knurrte er leise. »Und zwar Pain-Whisperer. Drei Stück. Sie stehen auf der Mauer.« Der Gargoyle in ihm konnte ihren typisch sauren Geruch wahrnehmen. Sie stanken wie alte, verschwitzte Socken.

Alle blickten nach oben zu der knapp vier Meter hohen Betonwand, die um das Kraftwerk herumlief.

»Ich kann sie nicht erkennen«, flüsterte Percy.

Runes Beine trugen ihn wie von selbst zu ihm, um sich beschützend vor ihn zu stellen. »Sie sind unsichtbar, und ich vermute, sie wollen entweder den Körper der Hexe in Besitz nehmen oder den Stein holen.« Ihre Schusswaffen würden bei Dämonen nicht viel ausrichten, außer die Kugel traf genau das Kleinhirn. Bloß besaßen Pain-Whisperer nur ein Gehirn, wenn sie einen Körper besetzten, ansonsten bestanden sie lediglich aus dunkler Energiematerie.

»Mit dieser Spezies hatte ich noch nie zu tun«, sagte Shannon kaum hörbar. »Aber wenn sie es auf die Hexe abgesehen haben, sind wir sicher, oder?«

Rune nickte. »Solange ihr ihnen nicht in die Quere kommt.«

Fluchend steckten sie alle ihre Pistolen weg, bloß Percy blieb völlig ruhig und holte verschiedene Dinge aus seinem Koffer. Zuerst zog er vier hühnereigroße Kristalle heraus, die er in einem Meter Abstand um die Leiche herum verteilte. Anschließend befahl er: »Alle sofort in den Schutzkreis!«

Sie drängten sich aneinander, Rücken an Rücken, wobei Rune mit Percy ein Paar bildete. Der hielt nun ein Glas in der Hand und schraubte es auf, um sich ein schwarzes Pulver in die Handfläche zu schütten. Anschließend blies er es in die Luft, sodass sich das Pulver entlang der Schutzlinien der Kristalle zu einer halbdurchscheinenden Wand aufbaute.

»Das wird die Dämonen für uns sichtbar machen, sollten sie sich uns nähern«, erklärte Percy.

Rune staunte nicht schlecht. »Schleppst du immer so viele magische Spielsachen mit dir herum?«

»Es ist nie verkehrt, auf alles vorbereitet zu sein«, erklang Percys amüsierte Stimme hinter seinem Rücken.

Der Kerl besaß echt Nerven!

Stolz schwelte in Runes Brust, weil sich sein süßer Inkubus von den Dämonen nicht einschüchtern ließ, doch sofort lachte der Gargoyle in ihm. *Er ist selbst einer von ihnen, du Idiot! Warum sollte er Angst haben?*

Ach, halt die Klappe! Langsam nervte Rune sein dämonenhassendes Gewissen. Er hatte jetzt auch keine Zeit, sich mit seiner Gargoyle-Seite auseinanderzusetzen, sondern musste wachsam bleiben. Würden die Dämonen angreifen? Bisher saßen sie bloß auf der Mauer und beobachteten sie. Doch Rune und sein Team würden nicht ewig im Schutzkreis stehen können. Die anderen vielleicht schon, doch noch bevor die Sonne aufging, musste er zu Hause sein.

Unendliche Minuten lang tat sich nichts. Rune erlaubte es sich, trotz der angespannten Situation Percys Nähe zu genießen und den Rücken leicht an seinen zu drängen – bis die Schattendämonen zu flüstern anfingen. Schreiend presste sich Percy die Handflächen auf die Ohren und ging in die Knie.

Augenblicklich wirbelte Rune zu ihm herum. »Was hast du?«

Schmerzerfüllt schaute Percy zu ihm auf, Tränen liefen

über sein Gesicht. »Sie befehlen mir, den Schutzkreis aufzulösen! Ich weiß nicht, wie lange ich ihr Geschrei noch aushalten kann, bevor mein Schädel platzt!«

Rune hörte lediglich ein Wispern, offenbar ging es Shannon und Nick genauso, denn keiner zeigte dieselbe Reaktion wie Percy. Der warf den Kopf in den Nacken und brüllte gequält auf.

Runes Herz zerriss fast bei dem Anblick.

»Bring ihn hier weg, Rune!«, befahl Shannon. Sie kniete neben Percy und strich ihm über den Rücken. »Wir kommen klar.«

»Das hatte ich ohnehin vor«, brüllte er mehr, als dass er sprach, weil er sich bereits in einen Löwen verwandelte. Er konnte Percy nicht länger leiden sehen.

»Ich gehe nirgendwo hin!«, rief der, »zumindest nicht, bis ich euch das hier gegeben habe.« Vor seinem Koffer ging er auf alle viere. »Eure Waffen sind völlig nutzlos und deine Klauen auch, Shannon.«

Rune hatte zuvor schon gewittert, dass sie eine Wolfswandlerin war, und sah nun deutlich ihre bereits ausgefahrenen Krallen. Bei Nicolas tippte er auf Vampir, auch wenn er dafür viel zu gebräunte Haut aufwies.

Percy kramte mit schmerzverzerrtem Gesicht in seinem Koffer herum und reichte sowohl Shannon als auch Nicolas je eine kleine Klinge. Um eine dritte klammerte er selbst die Finger. »Geweiht und aus einer speziellen Silberlegierung. Sollte auch bei diesen körperlosen Höllenkreaturen Wirkung zeigen.«

Unter Runes Nägeln schoben sich Klauen hervor, mit denen er sich T-Shirt und Jeans vom Leib riss, bevor sie durch seine Verwandlung ohnehin zerfetzt wurden. Doch es blieb keine Zeit mehr, sich auszuziehen. Er schaffte es

gerade noch, aus den Schuhen zu schlüpfen und Percy zu-
zubrüllen: »Setz dich auf mich und halte dich an meiner
Mähne fest!«, bevor er keine menschliche Stimme mehr besaß. Aus seiner Kehle drang nur noch ein Grollen.

Percy nickte ihm dankbar zu. Die Schmerzen waren so
stark, dass sein Hirn wohl jede Sekunde zu Brei werden
und sein Schädel bersten würde. Für die anderen mochte
es sich anhören, als würden die Whisperer unverständliche
Worte flüstern, doch in seinem Kopf vernahm er ihre grauenvollen Schreie. Die Dämonen wollten den nebelartigen
Schutzschild durchbrechen, den er mittels der magischen
Kristalle und der Asche aus Eberesche geschaffen hatte.
Aber nicht nur das: Sie wollten sich auch seines Körpers
bemächtigen!

Das könnt ihr vergessen!, dachte er und starrte auf die
kleine Klinge in seiner Hand. *Vorher bringe ich entweder
euch oder mich um.* Sein Magen zog sich zusammen, und
hätte sich Nahrung darin befunden, hätte er sich jetzt er-
brochen. Deshalb würgte er nur trocken und hörte Shannon rufen: »Beeile dich, Rune!«

Da Percy ebenfalls einer Dämonenart angehörte, re-
agierte er anders auf die Whisperer als der Rest des Teams.
Für die anderen unhörbar, kreischten sie »Verräter« in seine Ohren, brüllten ihn an, er würde für die falsche Seite arbeiten, und schilderten ihm in grausamen Details, wie sie
ihn dafür leiden lassen wollten. Außerdem verlangten sie
die Leiche der Frau, warum auch immer, doch die würden
sie ihnen nicht überlassen!

Percy versuchte, sich von ihrem grässlichen Geschrei abzulenken, indem er Rune betrachtete. Dessen Körper schien
weiter zu wachsen, Fell schoss aus seiner Haut und über-

zog seine ganze, mächtige Gestalt. Er ging auf alle viere, während sich Sehnen, Muskeln und Knochen verschoben oder umformten. Nur der elastische Gurt, an dem auch ein Holster mit seiner Waffe hing, spannte sich weiterhin um seinen Bauch. Runes Gesicht wurde zum Antlitz eines Löwen, und nachdem er sich ganz verwandelt hatte, ließ er ein markerschütterndes Gebrüll los. Es brachte die drei Dämonen für einen Moment zum Schweigen, sodass Percy kurz durchatmen konnte.

Während die drei Höllenkreaturen gegen die Aschemauer klopften, materialisierten sie sich. Sie sahen aus wie die Kinder des Teufels. Über ihre nackten schwarzen Leiber schienen winzige Spinnen zu kriechen, um ihre langen dünnen Schwänze wanden sich Schlangen. Mit ihren Klauen an Händen und Füßen schabten sie an der magischen Barriere und fletschten verfaulte Fänge in ihrem mit Warzen bespickten Gesicht, das hässlich wie furchterregend zugleich war. Aus ihrem kahlen Schädel ragten gleich vier spitze Hörner, und ihre Augen glühten rot. Ihre ganze Gestalt waberte wie eine Fata Morgana, denn sie bestand nur aus böser, magischer Energie.

»Die sind ja süß«, sagte Nick sarkastisch. »Welchen willst du haben, Lupa?«

»Na, ich hoffe doch, du lässt mir mindestens zwei!«, rief sie übermütig.

Percy wünschte ihnen in Gedanken alles Glück der Welt und schaffte es gerade noch, sich auf Runes kräftigen Löwenrücken zu schwingen. Er stand kurz davor, wegen der Schmerzen das Bewusstsein zu verlieren. Fest krallte er die Finger in die struppige Mähne und ließ auch seine Klinge nicht los – schon sprang Rune mit ihm aus der Schutzzone. Er sprintete in die finstere Nacht, als würde Percy nichts wiegen, und rannte wie der Blitz mit ihm davon. Die Kopfschmerzen ließen mit einem Schlag nach, doch die Gefahr war noch nicht gebannt, das spürte er instinktiv. Schnell warf er einen Blick über die Schulter und sah den Schatten sofort, der sie verfolgte. Es war einer der Pain-Whisperer, immer noch in seiner hässlichen schwarzen Gestalt. Er schien kaum den Boden zu berühren und eher darüber zu fliegen. Seine Beine bewegten sich nicht.

»Wir werden von einem Whisperer verfolgt!«, rief Percy, woraufhin Rune noch einmal an Tempo zulegte und im Zickzack durch das menschenleere Industrieviertel sprang.

Doch der Dämon ließ sich nicht abschütteln. Schon Sekunden später befand er sich direkt neben ihnen, zeigte ihnen zischend seine verfaulten Fänge, von denen grüner Schleim tropfte, und schlug mit einer Krallen bespickten Hand nach Percy. Obwohl die scharfen Klauen nur aus Energie bestanden, zerfetzten sie einen Teil der Jacke; die Haut hatten sie zum Glück nicht erwischt. Die roten Glutaugen richtete der Dämon dabei auf die Jackentasche.

»Ich glaube, er will den Hexenstein!«

Rune brüllte mehrmals, und es hörte sich an wie: »Gib ihm den verdammten Stein!«, – wobei Percy sich das natürlich einbilden konnte. Trotzdem erwiderte er: »Ich werde ihm den Stein nicht geben!« Vielleicht war er eine mächtige, magische Waffe, die diese Höllenwesen auf keinen Fall in die Finger bekommen durften!

Fest schlang Percy die Beine um den geschmeidigen Löwenkörper, um nicht abgeworfen zu werden, krallte sich nur noch mit einer Hand in der Mähne fest und stach mit der anderen, in der er die geweihte Klinge hielt, auf die Kreatur ein. Doch die wich ihm immer geschickt aus.

Rune brüllte erneut und bog scharf um die Ecke eines

Hauses, wobei er mit den Pfoten auf dem Kiesweg ein Stück wegrutschte. Diese kleine Verzögerung nutzte der Dämon sofort zu einem neuen Angriff. Aber diesmal war Percy vorbereitet. Er klammerte sich nur noch mit den Schenkeln auf Rune fest, legte den Oberkörper zurück, sodass der Dämon ins Leere griff und fast über den Löwenrücken flog, und rammte ihm die Klinge in den rauchigen Hinterkopf.

»Jeah!«, rief Percy, als die schwarze Schattengestalt kreischend verpuffte und sich in Nichts auflöste. »Der Mistkerl ist erledigt!«

Sofort verlangsamte Rune seine Schritte, doch Percy krallte sich lieber wieder in der Mähne fest. Er spürte die Hitze der Raubtiermuskeln unter seinen Schenkeln und deren immense Kraft. Rune war ein riesiges Ungeheuer, das wohl jeden Menschen zu Tode erschrecken würde. Zum Glück war hier weit und breit niemand zu sehen!

Obwohl sich Percy immer wieder nach weiteren Verfolgern umsah und nicht wusste, wohin Rune ihn überhaupt brachte, genoss er den nun sanften Ritt durch die Nacht. Sie waren zusammen und hatten soeben einen fiesen Dämon besiegt. Das war doch mal was anderes, als in seinem Labor Leichen aufzuschneiden oder Zellen unter dem Mikroskop zu betrachten. Zwar brauchte er nicht immer so viel Action wie heute, aber das Abenteuer hatte ihn regelrecht belebt und mit Rune an seiner Seite hatte er sich immer beschützt gefühlt.

Minuten später fand sich Percy auf einer großen, dunklen Wiese am Ufer des East River wieder. Nur wenige hundert Meter von ihnen entfernt lag mitten im Fluss die grell beleuchtete Gefängnisinsel Rikers Island, auf der sich das DPI befand. Von weiteren Dämonen war weit und breit nichts zu sehen, was auch daran liegen könnte, dass die Umgebung des DPI magisch gegen alle bösen Einflüsse geschützt war. Dämonen betraten die Insel nur, wenn sie dort ins Gefängnis eingeliefert wurden. Percy und andere dämonische Angestellte besaßen natürlich eine Ausnahmegenehmigung.

Er rutschte von Runes mächtigem Löwenkörper und hoffte, dass es Shannon und Nick gut ging. Kaum hatte er das gedacht, klingelte auch schon sein Handy. Schnell zog er es aus der Innentasche seiner Jacke, wobei er dicht bei Rune stehen blieb, heilfroh, Shannons Gesicht auf dem Display zu sehen.

»Süße, alles klar bei euch?«, fragte er, noch bevor sie etwas sagen konnte.

»Alles bestens!« Sie klang ein wenig atemlos. »Die Biester sind alle erledigt, es kamen noch mehr von ihnen, doch wir hatten Hilfe. Wir haben zwar nicht gesehen, von wem, aber die Dämonenanzahl hat sich plötzlich drastisch reduziert. Nick glaubt, es könnten Gargoyles gewesen sein.«

Percy warf einen kurzen Blick zu Rune, doch der hielt seinen mächtigen Löwenkopf gesenkt, als würde es auf der Wiese etwas sehr Interessantes zu sehen geben. »Ja, vielleicht. Auf jeden Fall wollten die Whisperer nicht nur an die Hexe, sondern auch an den Stein. Einer hat uns verfolgt, doch der ist nun ebenfalls Asche.«

Er hörte, wie Shannon aufatmete. »Das Einsatzteam ist unterwegs, wir bleiben noch solange in deinem Schutzkreis, bis es da ist, und bringen dann eure Sachen und die Fahrzeuge ins DPI.«

»Danke euch. Mein Autoschlüssel müsste in meinem Koffer sein.«

»Alles klar, den von Rune habe ich in seiner Hosenta-sche gefunden.«

»Bis dann!« Percy steckte das Telefon weg, stieß die Luft aus und fuhr sich über den Nacken. Was für eine Nacht!

Rune stand weiterhin in Löwengestalt neben ihm am Ufer. Sein mächtiger Brustkorb hob und senkte sich schnell, doch seine Atmung wurde langsam flacher.

Percy stellte sich direkt vor ihn, um über das Löwenge-sicht zu streicheln. »Danke, dass du mich von dort wegge-bracht hast.«

Für einen Moment schmiegte Rune den riesigen Kopf in seine Handfläche, als wäre er kein Löwe, sondern ein Schmusekätzchen, bevor er abrupt einen Schritt zurück-wich, als wären ihm Percys Streicheleinheiten unangenehm.

Ich finde schon noch heraus, was mit dir los ist, über-legte Percy und dachte an Runes Reaktion, als er sich in Gefahr befunden hatte. Dessen Augen hatten vor Angst um ihn gefunkelt. Dies war ein größerer Beweis seiner Zunei-gung als die Eifersucht, die er Nick gegenüber gezeigt hat-te. Dieser starke Löwenwandler empfand mehr für ihn als sexuelles Begehren, da war sich Percy nun ganz sicher.

Langsam wandelte sich Rune in einen Menschen zurück, wobei ihm das lange Haar nun wirr auf die Schultern fiel. »Geht es dir gut?«, fragte er mit dieser rauchigen Stimme, die Percy so sehr an ihm liebte. »Du hättest dem verdamm-ten Dämon einfach den Stein geben sollen!«

»Sie durften ihn auf keinen Fall bekommen, doch jetzt ist er ohnehin wertlos, wie es scheint.« Er zog die Tüte aus der Tasche, in der sich bloß noch ein graues Pulver befand, und steckte sie wieder zurück. »Dieser Stein war auch mit der Hexe verbunden, genau wie die anderen, und hat sich nun aufgelöst. Vielleicht war er ein mächtiges, magisches

Artefakt.«

Rune nickte. »Hab nicht gedacht, dass du so gut kämpfen und einen kühlen Kopf bewahren kannst.«

»Inkubi können eben mehr, als bloß spitzenmäßig im Bett sein«, entwich es ihm eine Spur zu scharf. Er war immer noch ein bisschen sauer auf den Kerl.

»Ich hatte das eher auf deinen Job als Forensiker bezogen«, sagte Rune trocken, aber in seinem Blick lag eine feurige Hitze, als würde er denken: *Ich weiß, wie gut du dich anfühlst.* Leise räusperte er sich. »Du bist unglaublich, Percy. Geht es dir wirklich gut? Der Dämon hat dich nicht verletzt?«

Er trat dicht vor Runes nackte, erhitzte Gestalt und strich ihm eine dicke Haarsträhne hinter das Ohr. »Mir ging es nie besser, mein schöner Retter.«

Rune schnaubte. »Schön?« Er klang eher frustriert, denn verärgert. »Du kannst deine Inkubus-Komplimente für dich behalten, denn ich weiß, wie ich aussehe. Wie ein Monster. Aber das ist okay, damit kann ich leben, nur nicht, wenn mich jemand anlügt!«

Der Kerl hatte offenbar nicht nur ein Dämonenproblem, sondern auch eins mit sich selbst. Percy spürte, dass Rune ihm das ehrlich gemeinte Kompliment tatsächlich nicht abnahm. Noch ernster setzte er deshalb hinzu: »Du bist der attraktivste Mann, dem ich je begegnet bin, und ich begehre jeden Millimeter an dir aufrichtig.« Schnell huschte sein Blick über Runes nackte Gestalt. »Inkubus-Ehrenwort.«

Runes düsteres Gesicht hellte sich kein bisschen auf, und Percy hätte am liebsten die Augen verdreht. Stattdessen fragte er seelenruhig: »Hast du vielleicht Lust, mit mir ins Kino zu gehen?«

Sie sollten etwas Normales machen, nicht immer nur

wie ausgehungerte Nymphen übereinander herfallen. Womöglich verstand Rune danach endlich, dass Percy mehr an ihm lag. Viel mehr.

Immer noch starrte Rune ihn ungehalten an. »Und was ist mit dem Model-Typ, diesem Nicolas-ich-bin-der-heißeste-Italiener-auf-der-ganzen-Welt? Willst du nicht lieber ihn fragen?«

Percy lachte. »Ja, Nikki ist ein heißer Feger, aber …« Schnell wurde er wieder ernst. »Du bist der Mann, der mein Herz berührt.« Er legte eine Hand auf Runes nackte Brust und strich sanft mit den Fingern über dessen leicht gekräuselten Haare. »Nur du.«

Endlich entspannte sich sein Gesicht. »Was läuft zwischen dem Kerl und dir?«

»Wir sind bloß gute Freunde.« Lasziv ließ Percy seinen Zeigefinger um Runes Brustwarzen kreisen.

»Wie gut?«

»Sehr gut.« Percy grinste. »Aber er steht zu hundert Prozent nur auf seine Gefährtin und nicht auf Männer.«

Rune knurrte, und Percy schluckte hart. Der Kerl war so unglaublich sexy, wie er völlig nackt vor ihm im Gras stand. Doch er musste jetzt einen kühlen Kopf bewahren!

Schnell zog er die Hand zurück und sagte mit einem entschuldigenden Lächeln: »Bevor du falsche Schlüsse ziehst … Das war keine Dämonenlist, sondern die Idee von Shannon. Sie ist schon ewig meine allerbeste Freundin.«

»Ist sie das.« Rune klang nicht sehr überzeugt.

Nun verdrehte Percy doch die Augen. »Solltest du Shannon und Nick einmal über den Weg laufen, beobachte die beiden einfach eine Weile und du wirst zu der Überzeugung gelangen, dass die zwei wahnsinnig verliebt ineinander sind.«

Als Rune immer noch nichts sagte, setzte Percy hinzu: »Ja, auch wenn sie zwei verfeindeten Spezies angehören.« *So wie wir anscheinend auch, du sturer Gargoyle!* Tief atmete er durch. »Willst du nun mit mir ins Kino? Morgen gibt es die Mitternachtspremiere eines brandheißen Action-Thrillers.«

»Klingt gut.« Zum ersten Mal umspielte ein Lächeln Runes Mundwinkel. »Soll ich mir dann was anziehen oder willst du mich nackt?«

»Hmm …« Percy tippte sich ans Kinn, wobei er seine Nachdenker-Miene aufsetzte. »Ich hätte dich am liebsten immer nackt, aber ich will nicht, dass dich andere in deiner ganzen Pracht sehen.« Er stellte sich auf Zehenspitzen, um Rune einen zarten Kuss auf die Lippen zu hauchen, und trat sofort wieder einen Schritt zurück. Das hier war definitiv der falsche Ort, um Zärtlichkeiten auszutauschen. Sie mussten immer noch wachsam sein.

Schnell deutete er zur etwa hundert Meter entfernten Schranke und dem hell beleuchteten Wachhäuschen, das sich auf dieser Seite des Ufers befand und die Straße zum DPI versperrte. »Ich rufe uns einen Chauffeur, der uns zum Department fährt.« Die Brücke auf die Insel war relativ lang, und es würde ein bisschen seltsam aussehen, wenn dort ein angezogener Inkubus mit einem nackten Mann spazieren ging.

Kopfschüttelnd verschränkte Rune die Arme vor seinem mächtigen Brustkorb. »Auch wenn ich gesehen habe, dass du gut allein klarkommst, lasse ich dich jetzt bestimmt nicht aus den Augen. Ich komme mit, hab ja meinen Pelz dabei.«

Wie ein keltischer Naturgott stand er aufrecht, stolz und selbstsicher im niedrigen Gras. Ja, das war der Rune, den

Percy sehen wollte.

Vorfreude auf ihr erstes Date prickelte in seinem Magen, als sie zusammen zum Wachhäuschen gingen und sich Rune wieder in einen Löwen verwandelte. Von nun an konnte es nur noch besser zwischen ihnen laufen.

Kapitel 5

Rune konnte es immer noch nicht glauben, aber er saß tatsächlich mit Percy in der letzten Reihe des Kinos, anstatt seinen freien Tag allein zu Hause vor dem Fernseher zu verbringen. Der Saal war beinahe voll, perfekt, denn dann kam er nicht erneut auf die Idee, wie ein ausgehungerter Löwe über Percy herzufallen. Zum Glück hatte er sich vorher unter der Dusche noch schnell selbst befriedigt, denn allein Percys Nähe und dessen verführerischer Duft machten ihn fast schon wieder hart. Jeden Tag hatte er bisher daheim den größten Druck abgelassen, immer seinen süßen Inkubus vor Augen, doch das hatte sein Verlangen nach Percy niemals mildern können. In seiner Gegenwart mutierte Rune regelrecht zur Bestie. Der Gargoyle kämpfte mit dem Löwenwandler, wobei der Wandler bisher immer gewonnen hatte.

Rune sank tiefer in den Sessel, sodass seine Beine gegen Percys schlanke Schenkel drückten, und griff mit einer Hand in den großen Popcorn-Eimer zwischen ihnen. Percy hatte dieselbe Idee, weshalb sich ihre Finger berührten.

Überrascht schaute Rune ihn an. »Ich wusste nicht, dass Inkubi essen müssen.«

»Müssen wir auch nicht. Es liefert uns zumindest keine Energie, doch es ist durchaus ein Genuss.« Er schob sich grinsend ein Popcorn zwischen die Lippen, woraufhin Rune ihn am liebsten geküsst hätte.

Hinterhältiger Dämon!, brüllte der Gargoyle in ihm, doch Rune ignorierte die nervige Stimme. »Wie alt bist du eigentlich?«, fragte er, um sich abzulenken.

»Hundertvierundzwanzig.«

»Alter Mann«, murmelte er schmunzelnd. »Ich bin erst dreiundsiebzig.«

Percy riss die Augen auf. »So alt!«

»Mich nennst du alt, du Antiquität?«

Percy lachte kurz laut auf, sodass sich ein paar Leute zu ihnen umdrehten, und flüsterte Rune dann zu: »Ich freue mich riesig, dass du ebenfalls langsamer alterst. Das liegt aber nicht an deinen Wandlergenen, oder?«

Fuck, er hatte völlig vergessen, dass Percy Mediziner war und sich zudem mit allen Wesenarten sehr gut auskannte. Als Nicolas gestern im DPI bei der Abschlussbesprechung die Gargoyles kurz erwähnt hatte, die ihm und Shannon möglicherweise bei der Bekämpfung der Whisperer geholfen hatten, waren heißkalte Wellen durch Runes Körper gelaufen. Percy hatte ihm dabei einen kurzen, aber intensiven Blick zugeworfen, genau wie zuvor auf der Wiese. Ahnte er etwas?

Hektisch suchte Rune nach einem anderen Thema. Der Hauptfilm hatte noch nicht begonnen, deshalb kam ihm der Trailer, der gerade eingespielt wurde, recht. Schnell deutete er auf die Leinwand. »Den müssen wir uns auch anschauen!«

»Dein Ernst?« Percy verdrehte die Augen. »Das ist eine ziemlich unrealistische Teeny-Fantasy-Schmonzette.«

Mist. »Jaaaa«, sagte er gedehnt, »teilweise etwas weit weg von der Realität, aber doch auch interessant, wie sich die Sterblichen unsere Welt vorstellen.«

Die meisten Menschen wussten nichts über Wesen oder dass diese mitten unter ihnen lebten, was auch gut war. In der Bevölkerung würde wahrscheinlich Panik ausbrechen, wenn sie wüssten, dass ihr netter Nachbar ein Vampir und die kleinwüchsige Bäckereifachverkäuferin in ihrer Straße ein Kobold war. Falls die Menschen doch einmal direkten Kontakt zu Wesen hatten, waren es oft Dämonen, die sie in den letzten Sekunden ihres Lebens erblickten – womit Rune wieder beim Thema war. »Wie oft musst du dich eigentlich nähren?«, fragte er vorsichtig.

Genauso zögerlich antwortete Percy: »Normalerweise so zwei bis drei Mal in der Woche. Doch seit wir … Du hast mir so viel von deiner Energie abgegeben, dass ich immer noch satt bin. Ich werde wahrscheinlich erst in zwei Wochen wieder Hunger bekommen.« Percy hatte vielleicht keinen Hunger mehr, aber der Appetit nach Sex stand ihm deutlich ins Gesicht geschrieben. Er musterte Rune mit solch einem Verlangen, dass er selbst nichts anderes mehr wollte, als schon wieder über den sexy Nerd herzufallen.

Schnell ablenken!

»Hast du Eltern?« Rune hatte keine Ahnung, wie sich Inkubi fortpflanzten. Natürlich gab es auch weibliche Sexdämonen, Sukkuben genannt, doch diese schliefen auch nur mit Menschen, um sich zu nähren, soweit er wusste.

Percy lächelte, als würde er sich an etwas Schönes erinnern. »Ja, ich habe eine Mum, sie lebt in Kalifornien. Wir telefonieren ab und zu miteinander, aber ansonsten haben Dämonenkinder unserer Spezies, sobald sie alt genug sind, sich allein zu versorgen, kaum noch Kontakt zu ihrer Mutter. Wir wachsen ganz normal auf, gehen zur Schule, essen und altern wie Menschen, bis wir der Pubertät entwachsen sind. Danach frieren unsere Zellen ein, wir brauchen fortan Lebensenergie und altern wie in Zeitlupe.«

Rune atmete auf. Das klang wirklich ziemlich normal, bis auf die Sache mit der Ernährung. Zum Glück hatte sein süßer Inkubus als Kind menschliche Nahrung zu sich nehmen können. »Was ist mit deinem Vater?«

Percy schob sich ein weiteres Popcorn in den Mund und leckte sich über die Lippen. »Den kenne ich nicht. Unsere Spezies lebt normalerweise in keiner festen Partnerschaft.« Er warf Rune einen schnellen Blick zu, in dem so viel Sehnsucht lag, dass sein Herz schon wieder wild flatterte.

»Sukkuben befällt einmal oder mehrmals im Leben das Verlangen, Nachwuchs zu zeugen«, fuhr Percy fort. »Das hängt wohl damit zusammen, wie viele es von uns an einem Ort gibt. Eigentlich leben wir allein in einem großen Revier, schließlich wollen wir niemanden umbringen. Mum ist deshalb auch nach Kalifornien gegangen, sobald ich allein zurecht kam. Ich wurde hier geboren, aber sie lebte früher in Florida.«

Rune senkte den Blick. Er hatte sich Percy gegenüber wirklich wie das absolute Oberekel verhalten und über ihn geurteilt, ohne ihn besser zu kennen.

»Hat also eine Sukkubus das Verlangen nach einem Baby«, erklärte Percy weiter, »sucht sie sich einen Inkubus, sie haben heißen Sex und voilà, einen Monat später war ich geboren und bin immer noch Einzelkind, bevor du fragst.«

Rune grinste. »Das geht ja schnell bei euch.«

»Nicht alles muss so schnell gehen«, raunte Percy, wobei er ihm einen heißen Blick schenkte, bevor er sich erneut ein Popcorn zwischen die sinnlichen Lippen schob. »Und wo leben deine Eltern?«

»Meine Mutter ist schon lange tot«, antwortete er knapp, »zu meinem Vater habe ich kaum Kontakt.«

Rune war heilfroh, dass der Hauptfilm endlich losging, das Licht erlosch und die flüsternden Stimmen des Publikums verstummten. Nun konnte Percy keine Fragen mehr stellen, die Rune nicht beantworten konnte oder wollte.

Zum Glück entpuppte sich der Film als wundervolle Ablenkung, denn er fesselte Rune tatsächlich. Er schaute sich gerne Action-Thriller an, und zu zweit machte es gleich noch mehr Spaß. Er genoss sogar, dass Percy jedes Mal die Finger in seinen Oberschenkel krallte, wenn eine besonders spannende Stelle kam, und fühlte sich seit sehr langer Zeit einfach nur glücklich und entspannt.

Nachdem der Popcorn-Eimer geleert war, griff Percy nach seiner Hand, und sie hielten sich während der restlichen Vorstellung fest. Zwischendurch küssten sie sich, aber eher zart, schnell und beinahe schon scheu, als wären sie Teenager, die gerade erst in die verwirrende Gefühlswelt der ersten Liebe tauchten. Für Rune war es nichts anderes. Er hatte noch nie jemanden wirklich begehrt, mit Leib und Seele, zumindest nicht so, wie er Percy verfallen war. Ja, er hatte sehr starke Gefühle für den sexy Inkubus, der ihn während des Filmes öfter angrinste. Das süße Lächeln schoss tief in Runes Bauch und wirbelte dort eine Schar Schmetterlinge auf. Er war tatsächlich verwirrt wie ein Teenager, sehr sogar. Das mit Percy fühlte sich richtig und doch so falsch an.

Er wird nie bei mir bleiben können, wenn ich einschlafe, und wir werden niemals tagsüber zusammen sein können ...

Bisher hatte Rune die Sonne kaum vermisst, die er seit seiner Kindheit nicht mehr gesehen hatte, das steckte wohl in seinen Genen. Aber nun wünschte er sich, er wäre ein richtiger Löwenwandler und kein Freak, der im Grunde nirgendwo dazugehörte. Vielleicht sollte er es mit Percy einfach genießen, solange es dauerte. Sein süßer Inkubus brachte ihn auf andere Gedanken und forderte seine Libido gehörig heraus. Allein ihn in der Nähe zu wissen, heizte Rune ordentlich ein. Bei jeder kleinen Berührung pumpte mehr Blut in seinen Unterleib, weshalb er des Öfteren seinen Ständer in der Jeans zurechtrücken musste.

Nach dem Film war er deshalb ziemlich erregt. Percy ließ ihn seine Ängste und Sorgen vergessen, und Rune konnte sogar endlich die warnenden Rufe seines Gargoyles ignorieren, dem »verführerischen Dämon« nicht zu zeigen, wo er lebte. Doch seine Wohnung lag ganz in der Nähe, bloß drei Blocks entfernt, und er wollte nur noch mit diesem sexy Kerl ungestört sein, um mit ihm all das zu machen, was er sich während des Films ausgemalt hatte. Jetzt sofort! Es dauerte noch gute fünf Stunden, bis der erste Sonnenstrahl New York kitzeln würde, solange konnten sie sich vergnügen. Deshalb fragte er, als alle aus dem Saal strömten: »Hast du noch Lust, mit zu mir zu kommen?«

Percy, der zwischen den Sitzreihen vor ihm ging, warf ihm einen feurigen Blick über die Schulter zu. »Ich dachte schon, du fragst nie.«

Kaum hatten sie das Kino verlassen, rannten sie Hand in Hand durch die düsteren Straßen, als wären Dämonen oder andere bösartige Kreaturen hinter ihnen her, doch diesmal witterte Rune keine Gefahr. Niemand verfolgte sie. Stattdessen fühlte er sich beschwingt und ein bisschen benebelt, als hätte er zu viel Alkohol getrunken.

Er besaß eine kleine Dachgeschosswohnung im zehnten Stock eines Altbaus. Der Lift funktionierte mal wieder nicht, deshalb lieferten sie sich ein Rennen nach oben, was Runes Jagdtrieb anfeuerte und ihn noch wilder auf Percy machte. Er wollte ihn bloß noch unter sich spüren!

Obwohl sie beide gleich schnell waren, ließ Rune seinem attraktiven Nerd ein paar Stufen Vorsprung, damit er dessen Knackarsch immer vor Augen hatte. Er konnte es kaum erwarten, endlich wieder in diese Enge zu tauchen.

Trotz Wettlauf zuckte und pochte sein Schwanz wie verrückt, und wenn er ihn nicht bald befreite, würde er sich die Hosen vollsauen.

Rune bekam es irgendwie hin, seine Wohnungstür aufzusperren, obwohl seine Hände wie verrückt zitterten, und kaum hatte Percy die Tür hinter ihnen zugeworfen, lagen sie sich in den Armen. Sie küssten sich mit wilder Leidenschaft und fochten einen Kampf mit ihren Zungen. Als Percy daraufhin lachte, durchströmten Rune noch mehr Glücksgefühle. Er riss an Percys T-Shirt, während er zugleich aus seinen eigenen Schuhen schlüpfte.

Ja, er hatte geschworen, es beim nächsten Mal langsamer angehen zu lassen, aber er konnte sich kaum noch beherrschen. Percy schien es zum Glück genauso zu gehen, denn sie schafften es beide, sich in Rekordzeit auszuziehen.

Schwer atmend standen sie sich in der dunklen Wohnung nackt gegenüber. Während Rune nicht den Blick von dem perfekten Männerkörper mit den langen, sanft definierten Gliedmaßen und der makellosen Haut abwenden konnte, schaute sich Percy um. »Wohin?«

Er besaß wenige Möbelstücke. In dem großen Wohnraum, in dem sich auch eine Küchenzeile befand, gab es außer einem bequemen Sessel, einem kleinen Couchtisch und einem riesengroßen Flachbildfernseher noch nicht viel. Nach und nach wollte er sich von seinem Gehalt neu einrichten. Doch mit einem großen, kuschligen Bett konnte er dienen, deshalb raunte er: »Schlafzimmer.«

»Zeig mir den Weg, Cowboy!« Lachend sprang Percy ihn an, woraufhin er ihn an seinem süßen Knackarsch packte und ins angrenzende Schlafzimmer lief. Hell schien der Mond durch das Fenster, genau aufs Bett, und tauchte die große Liegefläche in einen matten Schein. Als Rune seinen attraktiven Liebhaber darauf ablegte, schimmerte dessen Haut wie Seide. Percy war unglaublich anziehend, und er verströmte einen solch faszinierenden Duft, dass Rune ständig an ihm riechen könnte.

Als Percy die Arme über den Kopf legte, die Beine anzog und diese auseinanderfallen ließ, knurrte Rune vor unterdrückter Lust. »Du brauchst es dringend, was?«

»Ich will dich«, flüsterte Percy schwer atmend, wobei sein hartes Geschlecht zuckte. Lusttropfen liefen aus der Eichel, und Rune atmete tief den Geruch von Percys Erregung ein. Alles an diesem Mann war perfekt, und er wollte nur noch in ihm sein. Runes Schwanz zuckte ebenfalls, seine pralle Spitze pochte heftig.

Langsam, befahl er sich. *Immer mit der Ruhe.* Er wollte es genießen, und sein süßer Dämon sollte das auch.

Wie ein Raubtier, das sich anschlich, kroch er über Percy und rieb dabei seinen Körper auf ihm. Ihre Erektionen stupsten sich an, woraufhin Percy kehlig stöhnte. Immer noch lagen seine Arme über dem Kopf, und Rune packte sie, um sie dort festzuhalten. Dann senkte er langsam den Mund auf die süßen, leicht geöffneten Lippen, und küsste sie zart.

»Du quälst mich«, raunte Percy. Grinsend hob der ihm das Becken entgegen, sodass sich ihre harten Geschlechter erneut berührten. Grenzenlose Lust peitschte wie Stromschläge durch Runes Unterleib.

»Im Gegenteil«, erklärte er heiser. Er besaß kaum noch seine Stimme, so sehr stand er unter Hochspannung, doch er versuchte, sich weiterhin zu beherrschen. Das Raubtier in ihm wollte nur noch zustoßen, die Fänge in dem ungeschützten Hals versenken. »Heute will ich dich verwöhnen.«

Percy riss sowohl die Augen als auch seinen zuckersüßen Mund auf. Dann lächelte er glücksselig, woraufhin es heftig hinter Runes Brustbein zog. Wie sehr er diesen Inkubus begehrte …

Sie küssten sich erst behutsam, dann immer hingebungsvoller, und kurz bevor sich Rune auf Percys Bauch verströmte, rutschte er an seinem erhitzten Körper tiefer, um über den gestreckten Hals zu lecken.

Nur ein Biss, ein kleiner Biss, und du bist mein …
Percy wand sich unter ihm und erschauderte wohlig.

Wenn du ihn beißt, seid ihr aneinander gebunden, erinnerte ihn der Gargoyle in ihm.

Schnell rutschte er noch ein Stück tiefer, um die Zunge über den gepiercten Nippel flattern zu lassen. Zwischendurch zog Rune mit den Lippen an dem kleinen Stecker, um Percy weitere lustvolle Laute zu entlocken. Unruhig zappelte er in Runes Griff und flehte: »Gib mir endlich mehr!«

Rune lachte dunkel und zog eine Spur feuchtheißer Küsse bis zum Bauchnabel, stupste die Zunge hinein und spürte, wie Percys Erektion gegen seinen Hals tippte. Sein süßer Dämon stöhnte immer länger und kehliger, wobei er unter ihm zappelte. Seine rasierte Haut fühlte sich wunderbar glatt an und duftete unglaublich gut.

»Na gut, dann erlöse ich dich«, raunte Rune und schloss den Mund schließlich um Percys zuckende Erektion.

Laut stöhnend wölbte der sich ihm entgegen, wobei dessen Härte tiefer in seine Kehle rutschte. Percy zerwühlte Runes Haar und genoss es offenbar sehr, auch einmal ausgiebig verwöhnt zu werden. Jetzt war wohl der Moment gekommen, an dem sich Rune endlich etwas revanchieren konnte. Niemals zuvor hatte er einen Penis im Mund gehabt, aber natürlich wusste er genau, wie er seinem Süßen höchste Lust verschaffen konnte. Darum züngelte er an dem Bändchen, leckte um den Kranz der Eichel und nahm den Schaft bis zur Wurzel auf. Die Lusttropfen schmeckten wie Honig.

»Rune!« Percys Finger krallten sich in sein Haar. »I-ich …«

Er intensivierte seine Bemühungen und drückte Percy mit beiden Händen am Becken fest in die Matratze, während er mit den Lippen einen engen Ring formte, den er auf dem pulsierenden Geschlecht auf und ab gleiten ließ.

Percys Hüften zuckten und er stöhnte losgelöst, als dessen Samen in Runes Mund schoss. Er schluckte alles, genoss jeden Tropfen und kam beinahe selbst zum Orgasmus. Nie hatte er etwas Erotischeres erlebt, als einem Mann höchste Lust zu bereiten.

Als er sich neben Percy legte, grinste der ihn selig an. »Das war himmlisch.«

Zärtlich strich ihm Rune über eine erhitzte Wange. »Hat dir das auch Energie gegeben?« Er wollte alles über diesen besonderen Dämon wissen, der sein Herz auf intensive Weise berührte.

»Nein.« Percys Lächeln wurde breiter. »Nur dein Höhepunkt bringt mir Energie. Aber meiner war auch gerade verdammt fantastisch.«

Obwohl Rune ihn eben erst ausgesaugt hatte, stand Percys Ständer immer noch wie eine eins. Beneidenswert.

»Na gut«, raunte Rune und gab Percy einen schnellen Kuss. »Dann will ich die Energie gleich nachliefern.«

»Das musst du ni…, Rune!« Percy stieß einen überraschten Laut aus, als Rune ihn packte und auf der Matratze herumwarf, sodass sich ihm nun dieser verteufelt sexy Arsch schutzlos präsentierte. Rune konnte auch nicht länger warten und zog die Pobacken auseinander, um Percy hart zu lecken. Der Süße schmeckte fantastisch! Gab es auch nur eine Stelle an diesem schnuckligen Dämon, die Rune nicht anmachte? Falls ja, hatte er sie noch nicht entdeckt.

Verhalten stöhnte Percy ins Kissen, und Rune hätte am liebsten tief die Zunge in seine enge Öffnung getrieben, die sich ihm zuckend präsentierte. Als Percy auf alle viere ging, um ihm seinen Hintern entgegenzustrecken, konnte sich Rune nicht länger beherrschen. Er schaffte es gerade noch, sich nicht mit einem kräftigen Stoß in ihm zu versenken, sondern langsam in den feuchtwarmen Tunnel zu gleiten.

Rune knurrte vor Wonne und ergoss sich fast. Percys Inneres zog sich fest um seinen Schwanz, als wollte er ihn melken. »Gott, du fühlst dich einfach geil an!«

»Immer noch *Inkubus*«, sagte Percy schwer atmend, »aber du darfst in Zukunft gerne Gott zu mir … Ahh!« Ein Beben lief durch Percys Körper, als Rune leicht an dem Brustpiercing zog.

»Sei nicht so frech, *Inkubus*, oder meine nächste Strafe wird weniger milde ausfallen.«

»Ich steh jetzt schon auf alle deine Strafen«, raunte Percy.

Zu perfekt, um wahr zu sein, waren Runes letzte Gedanken, bevor er sich ergoss. Er schaffte es gerade noch, mit einem Arm um Percys Körper zu greifen, um hart an dessen Erektion zu reiben. Während Rune einen gewaltigen Höhepunkt erlebte und sich tief zwischen die festen Pobacken schob, spritzte sein Süßer ein zweites Mal ab. Rune spürte, wie er in seiner Hand zuckte, und es störte ihn nicht im Geringsten, dass Percy seine Matratze vollsaute, genauso wenig wie es ihn störte, einen Teil seiner Lebenskraft abzugeben. Morgen würde er sich wieder völlig fit fühlen.

So verdammt perfekt … Zärtlich küsste er Percys feuchten Rücken und wollte für immer mit ihm verbunden bleiben. Sein Unterleib kribbelte immer noch, weshalb er sich nur widerwillig von Percy löste.

Schwer atmend blieben sie seitlich liegen, und Rune kuschelte sich an Percys Rücken. Er fühlte sich durch den Energieverlust ein wenig müde, aber sehr befriedigt, zufrieden und glücklich. Am liebsten wollte er mit Percy in seinen Armen einschlafen, doch das durfte nicht passieren! Sobald die Sonne aufging, würde Rune zu Stein werden. Percy wäre bis abends in seinem Griff gefangen! Außerdem würde er dann wissen, was er war …

So sehr er sich auch wünschte, einfach weiterhin liegen bleiben zu können und wegzuschlummern – es durfte nicht sein. Deshalb sagte er schweren Herzens: »Du musst jetzt leider gehen.«

Als sich Percy nicht regte, schnürte sich Runes Herz zusammen. »Also … ich will dich nicht loshaben, aber …« Tausend Entschuldigungen lagen ihm auf der Zunge, doch alle würden sich anhören, als hätte er Percy nur hierher gelockt, um Spaß zu haben. Dabei wollte Rune mehr, so viel mehr! Vor allem wollte er diesen süßen, klugen, starken und liebeswerten Dämon nie wieder gehen lassen.

Percy drehte sich in seinen Armen um und wirkte kein bisschen verletzt. Stattdessen fragte er sanft: »Willst du dich mir nicht endlich anvertrauen?«

Seine Kehle fühlte sich wie zugeschnürt an und er flüsterte erstickt: »Ich kann nicht.«

Zärtlich strich ihm Percy über die Wange. »Mir fällt nur ein Wesen ein, das sich nach einer Nacht mit mir so schnell regenerieren könnte, das Dämonen hasst und seinen Liebhaber noch vor Sonnenaufgang loswerden möchte.«

Runes Herz raste wie verrückt, als Percy wisperte: »Ein Gargoyle.«

Kapitel 6

Die gesamte Welt schien sich vor Runes Augen zu drehen, und obwohl er im Bett lag, glaubte er, ein Abgrund würde sich unter ihm auftun und ein schwarzer Strudel ihn verschlingen.

Percy wusste es!

Rune bekam kaum noch Luft, weil ihm die aufsteigende Panik die Kehle zuschnürte. Andererseits war er zu einem gewissen Grad auch erleichtert. Jetzt musste er Percy nicht länger anlügen. Doch er konnte nichts sagen, ihm nicht zustimmen, denn seine Zunge klebte regelrecht am Gaumen fest.

Percy drückte ihm behutsam eine Hand auf die Brust. »Ich habe also recht. Du bist ein Gargoyle, zumindest zu einem Teil, denn du bist auch ein Löwenwandler.«

Langsam nickte Rune und schluckte hart. Er war froh, dass Percy weitersprach, denn er brachte immer noch keinen Laut über die Lippen.

»Du hast mir gegenüber Vorurteile, weil ich ein Dämon bin, eines der Wesen, die Gargoyles am meisten verabscheuen.«

Wieder nickte er und brachte endlich krächzend hervor: »Niemand darf wissen, was ich bin.«

Solange die Sonne am Himmel stand, blieb sein Körper versteinert. Doch er bestand nicht aus echtem Stein, sondern aus einer organischen Substanz, die optisch Stein ähnelte. In diesem Zustand war er, genau wie alle Gargoyles, am verletzlichsten. Aus diesem Grund saßen Gargoyles auf Kirchen oder anderen Gebäuden immer mit dem Rücken zur Hauswand und machten eine hässliche Fratze, um ihre

Feinde abzuschrecken. Zerstörte jemand die Steinfigur, war der Gargoyle tot.

Percy atmete tief ein und machte ein mitfühlendes Gesicht. »Ich würde dir niemals etwas antun! Weil … ich …« Sein intensiver Blick schien Rune beinahe zu verbrennen, und Percy bewegte die Lippen, als wollte er ihm noch etwas mitteilen, doch dann brach er abrupt den Blickkontakt ab.

Rune rollte sich auf den Rücken, blieb stocksteif liegen und starrte die Decke an. »Wenn du es herausgefunden hast, dann werden das andere auch.«

Neben ihm holte Percy zitternd Luft. »Ich will ganz ehrlich zu dir sein, weil ich nicht möchte, dass irgendwas zwischen uns steht. Aber bitte bring mich nicht um!«

Seufzend schloss Rune die Lider. Was kam nun? »Ich bringe dich nicht um«, erklärte er matt.

»Ich war nur so furchtbar neugierig, weil ich wissen wollte, was du gegen mich hast …«

»Was hast du getan?«, fragte er leise, als Percy nicht weitersprach.

»I-ich weiß längst, was du bist, weil … ich deine DNS untersucht habe.«

Rune öffnete die Augen, danach drehte er Percy das Gesicht zu. Der presste die Lider fest zusammen und biss sich auf die Unterlippe.

Darauf hätte er ja auch kommen können, dass sein schlauer Gerichtsmediziner auf seine Art nach einer Antwort suchte. »Du bist total der Nerd. Weißt du das?«

Langsam hob Percy ein Lid. »Ja, das sagt Shannon auch öfter. Ist das nun gut oder schlecht?«

Rune räusperte sich hart. »Ich stehe neuerdings auf Nerds.«

Percys süßes Grinsen entfachte sofort einen Großbrand

in seinen Eingeweiden. Fuck! Er war diesem Inkubus wirklich mit Haut und Haaren verfallen. Doch das machte alles nur schlimmer. »Ich verurteile dich nicht, weil du nachgeforscht hast, aber …« Nun atmete er zitternd ein und stieß hervor: »Der New Yorker Gargoyle-Klan wird erst dich, dann mich töten!«

Percy stützte sich stirnrunzelnd auf einen Ellenbogen. »Warum sollte er das tun?«

»Weil du ein Dämon bist und jetzt weißt, was ich bin und wo ich wohne!« Rune presste sich beide Hände an die Schläfen und starrte erneut an die Decke. »Ich musste es einem Mitglied des New Yorker Klans schon als Kind schwören, mich niemandem zu erkennen zu geben, oder sie würden mich töten. Genauer gesagt: Ich musste es meinem Vater schwören.«

»Dein Vater würde dich töten?«, rief Percy entsetzt.

»Er war nie einer von der fürsorglichen Sorte, zumindest hat er sich erst bei Mum und mir blicken lassen, als herauskam, dass ich zur Hälfte ein Gargoyle bin. Da war ich neun.«

Percy räusperte sich leise. »Nicht zur Hälfte. Zu siebenunddreißig Prozent.«

»Na, dann wundert mich nichts mehr.« Rune schnaubte.

»Erzähl mir bitte mehr.« Percy drehte sich auf die Seite, um sich an ihn zu schmiegen. »Ich würde so gerne wissen, wie es dir als Kind ergangen ist. Und wie kam es dazu, dass deine Mutter und dein Vater zusammengekommen sind?«

»Ich weiß nicht viel, nur dass er zufällig in ihrer Nähe war, als sie von einer Nachtschicht nach Hause ging und von mehreren Dämonen angegriffen wurde, die an ihre Seele wollten. Es heißt, Wandlerseelen seien besonders nahrhaft.« Er warf einen Blick zu Percy, der ihm nickend zustimmte. »Mein Vater wurde verletzt, als er sie beschützt und alle Unterweltler vernichtet hat. Danach nahm sie ihn mit zu sich, kümmerte sich um seine Wunden … Da ist es passiert. Für ihn war es wohl eine einmalige Sache, Mum hatte neun Monate später mich am Hals.«

»Das klingt, als hätte sie sich nicht gut um dich gekümmert.«

»Im Gegenteil.« Rune drehte sich ebenfalls zur Seite, um einen Arm um Percy zu schlingen. »Mum war toll und immer für mich da. Sie hat alles getan, damit ich eine schöne Kindheit hatte, obwohl sie als Krankenschwester nicht viel verdient hat. Damals hatten wir erst das Jahr 1945. Weißt du?«

Percy lächelte ihn an. »Weiß ich, und auch, dass du ziemlich alt bist.«

»Nicht so antik wie du.« Rune schmunzelte, wurde aber sofort wieder ernst. »Bevor sie meinen Vater traf, war der zweite Weltkrieg gerade erst zu Ende, vieles im Umbruch. Mum hatte in Europa an der Front die verletzten Soldaten verarztet, wollte aber nie wieder einen Krieg erleben. Sie sehnte sich nach Frieden, einem schönen Heim und einer Familie. Also kehrte sie wieder nach New York zurück, ihrer heißgeliebten Geburtsstadt, um hier als Krankenschwester zu arbeiten, wie schon zuvor. Auch damals wohnten hier nur vereinzelt Löwen und deshalb lebte sie mit mir, nach meiner Geburt, auch in keinem Rudel. Es gab nur uns.«

»Hat sie vor dem Krieg in einem Rudel gelebt?«

»Kann man so sagen.« Rune kratzte sich an der Nase. »Sie lebte mit ihrer Mutter und ihrer älteren Schwester zusammen, aber die beiden starben bei einem Busunglück, einen Monat bevor Mum an die Front ging.«

»Wirklich tragisch«, wisperte Percy.

Rune stimmte ihm nickend zu. »Vielleicht war sie deshalb so erpicht darauf, unsere kleine Familie zusammenzuhalten. Mit etwa acht Jahren konnte ich mich zum ersten Mal komplett in einen Löwen verwandeln, zuvor schaffte ich es nur, meine Krallen und Fänge auszufahren, so wie alle Wandlerkinder. Mum war sehr stolz auf mich. So oft sie konnte, sind wir in die Wälder gefahren, um gemeinsam zu laufen und Kaninchen zu jagen.«

Percys Augen strahlten. »Das klingt toll!«

»Das war es auch und für mich etwas ganz Besonderes.« Er seufzte sehnsüchtig und rieb seine Nase an Percys Stirn. »Ein Jahr später, als sie mich zur Schule wecken wollte, lag ich versteinert im Bett. Sie dachte erst, ich sei gestorben, und hat sofort meinen Erzeuger angerufen. Da erfuhr ich zum ersten Mal, dass sie noch Kontakt zu ihm hatte. Mum hatte mir zuvor immer erzählt, er sei eine flüchtige Bekanntschaft gewesen. Erst da hat sie mich aufgeklärt.«

»Es hat sie sicher sehr erschreckt, als du plötzlich wie eine Steinstatue ausgesehen hast, und du hattest bestimmt auch Angst.«

»Hm.« Rune nahm Percys Hand, um sie zwischen ihren Körpern an seine Brust zu drücken. Er war froh, sich endlich alles von der Seele reden zu können. »Mum hat nicht damit gerechnet, dass auch ein Stück Gargoyle in mir steckt. Es traf uns beide völlig unvorbereitet.«

»Verständlich.«

»Von da an hat Mum mich zu Hause unterrichtet, denn ich konnte tagsüber ja nicht mehr zur Schule gehen. Sie brachte mir alles bei, was ich wissen musste, und bestellte immer die neusten Schulbücher. Deshalb hatte sie auch keine Zeit mehr, im Schichtdienst zu arbeiten, denn nachts hat sie mit mir gelernt, tagsüber hat sie über mich gewacht.

Als mein Vater uns erzählt hat, dass Dämonen mit Vorliebe versteinerte Gargoyles töten, sind wir umgezogen, auf das Gelände einer Kirche. Sie hat dort stundenweise eine Stelle als Sekretärin des Pfarrers angenommen.«

»Weil Dämonen keinen geweihten Ort betreten können.« Rune nickte.

»Hat das Gehalt zum Leben gereicht?«

»Natürlich nicht, aber jeden Monat lag ein großzügiger Scheck im Briefkasten.«

Percy hob die Brauen. »Von deinem Vater?«

»Vermutlich.« Die Vorfahren der Gargoyles stammten von Drachen ab und die Klane lebten bis heute von den gehorteten Schätzen. Rune wettete, dass sein Erzeuger in Geld schwamm.

Percy setzte sich auf und blickte sich um. »Hast du in deiner Wohnung Vorkehrungen getroffen, um dich gegen Dämonen zu schüt…« Seine Augen wurden groß. »Nein, hast du nicht, anderenfalls wäre ich wohl nicht hereingekommen.«

Rune räusperte sich leise. »Ich habe auf meiner Dachterrasse ein bisschen Weihwasser verspritzt, weiß aber nicht, ob das hilft.«

»Du bist tagsüber draußen?« Percys Brauen schoben sich zusammen, als würde ihm das nicht gefallen.

»Die Sonne lädt mich mit neuer Energie auf.«

»Stimmt«, murmelte Percy. »Davon habe ich gehört. Trotzdem musst du dich besser schützen. Ich werde morgen magische Kristalle in deiner Wohnung sowie auf der Dachterrasse verteilen, die ein Schutzfeld erzeugen, das die Dämonen nur schwer durchdringen können, mir aber keine Probleme bereitet.«

»Wie bei der Nachtwächterin?«

Percy nickte.

»Das wäre mir eine sehr große Hilfe. Danke.« Tief atmete Rune durch und konnte einfach nicht den Blick von Percy nehmen, der grübelnd neben ihm im Bett saß. Sein süßer Inkubus machte sich ernsthaft Sorgen um ihn, doch Rune war heilfroh und stolz, einen derart schlauen Mann als Freund zu haben. »Würden die Dämonen erfahren, was ich bin, könnten sie mehr über meine Spezies herausfinden, sie vielleicht schwächen.« Gargoyles versteckten sich nicht umsonst so perfekt vor dem Rest der Welt. Selbst Rune wusste nicht, wo in New York der Klan seinen Unterschlupf hatte. Vielleicht in alten Gebäuden, kirchlichen Einrichtungen, Kellern oder stillgelegten U-Bahn-Schächten ...

Sein Herz setzte einen Schlag aus und er richtete sich pfeilschnell im Bett auf. Percy kannte nun die Wahrheit! »Du bist in Gefahr. Mein Vater hat mich gewarnt! Ich darf nie jemandem erzählen, was ich bin, oder er wird denjenigen töten. Das hat er stets betont!«

Resolut schüttelte Percy den Kopf. »Ich habe es selbst herausgefunden, du hast es mir nicht erzählt. Außerdem arbeite ich für das DPI! Heaven, Rune, wenn dein Vater denkt, dass ich zu den Bösen gehöre, sollte er den Job wechseln.«

Angespannt knirschte Rune mit den Zähnen. Percy hatte recht, doch der kannte seinen Vater nicht. »Mein Erzeuger hat sehr altmodische Ansichten. Vielleicht wird er auch nur mir an die Kehle gehen.«

Schmunzelnd strich ihm Percy über die Wange. »Du bist ein Teil von ihm, sein Sohn! Er wird dich sicher nicht töten.«

»Ich ...« Schwermütig ließ er den Kopf sinken. »Ich gehöre nicht zum Klan. Die Gargoyles haben mich gleich nach meiner Geburt verstoßen, so hat es mir mein Vater erzählt. Wahrscheinlich haben sie gewittert, dass ich zu wenig Gargoyle bin. Siebenunddreißig Prozent reichen wohl nicht.« Zumindest hatte es nicht ausgereicht, dass sich sein Erzeuger nach Mums Tod um ihn gekümmert hatte.

Rune schnaubte. Er war allein klargekommen, ohne Rudel, ohne Klan. Er brauchte keine Gemeinschaft. Was er wirklich brauchte, saß neben ihm und blickte ihn erschrocken an. Sein süßer Dämon besaß mehr Herz als alle Gargoyles zusammen.

Kapitel 7

Percy schluckte. Der Klan hatte Rune verstoßen? Das bedeutete wahrscheinlich nichts Gutes …

Percy hatte recherchiert, nachdem er die Wahrheit über Rune herausgefunden hatte, und rief sich nun alles ins Gedächtnis. Vor ein paar hundert Jahren wussten die Menschen noch, dass es Gargoyles gab. Die Sterblichen fürchteten diese Geschöpfe wegen ihres unheimlichen Aussehens und stellten sich gegen sie, obwohl sie von ihnen beschützt wurden. Es kam zur Ausrottung ganzer Stämme, weshalb sich die Gargoyles zurückzogen und fortan im Untergrund lebten. Im Laufe der Zeit gerieten sie immer mehr in Vergessenheit.

Später bereuten die Menschen ihr Handeln und setzten künstliche Gargoyle-Skulpturen auf Kirchen und Schlösser, weil sie sich vage daran erinnerten, dass diese Geschöpfe einmal ihre Beschützer waren und sie ihnen großes Unrecht angetan hatten. Die Steinskulpturen sollten nun alle bösen Geister fernhalten.

Heutzutage glaubte fast niemand mehr an mythische Wesen, worüber die Klane sicher froh waren. Doch die Menschen hatten sich nicht wirklich verändert. Sie würden die Gargoyles wahrscheinlich bekämpfen, sie einsperren oder Versuche mit ihnen durchführen, sollten sie von ihnen erfahren. Aus diesem Grund passten alle Wesen höllisch auf, niemals ihre wahre Natur vor Normalsterblichen zu offenbaren. Bloß Dämonen hielten sich nicht zurück und verdarben Menschen, weil sie daraus Energie bezogen oder sich gleich von Seelen ernährten. Und obwohl die Menschen den Gargoyles nie freundlich gesinnt waren, beschützten diese Wesen die Schwachen dennoch, weil es einfach in ihrer Natur lag.

Solange die Gargoyles tagsüber schlafend auf Gebäuden saßen, sorgten sogenannte Wächterengel für ihre Sicherheit. Die größte Gefahr ging natürlich von Dämonen aus, weil die Gargoyles deren »Nahrungssuche« störten. Die Gargoyles wachten also über die Menschen, und die Engel über die Gargoyles. Davon profitierten beide Seiten, denn die Gargoyles nahmen den Engeln eine Menge Arbeit ab.

Vorsichtig fragte Percy: »Witterst du ab und zu Engel in deiner Nähe?«

Rune schüttelte den Kopf. »Du hast dich wirklich gut informiert, aber auf mich passt keiner auf.« Als er flüsternd hinzufügte: »Nach Mums Tod hatte ich niemanden mehr«, zerriss es Percy fast das Herz. Er wollte alles, aber auch wirklich alles tun, damit sich Rune nicht mehr allein, sondern beschützt fühlte.

»Du hast jetzt mich«, wisperte Percy und drückte Runes Hand. »Ich werde dich beschützen.«

»Ein Dämon will mich beschützen?«, raunte Rune schmunzelnd. »Wenn das mein Vater hören könnte.« Er legte die andere Hand in Percys Nacken und zog ihn an seine Brust.

Percy durchströmten die herrlichsten Gefühle, als er zärtlich geküsst wurde. Wer hätte gedacht, dass dieser große, starke Kerl so sanft sein konnte? Wie sehr Percy ihn liebte!

Leider endeten die Zärtlichkeiten viel zu schnell. Die Sonne würde bald aufgehen, Rune blickte ständig durch das Fenster nach draußen. Würde er ihn immer noch wegschicken? Percy wollte so gerne bleiben und sein Versprechen wahrmachen. Kein Dämon würde an ihm vorbeikommen!

Schwerfällig seufzend stand Rune auf, zog sich jedoch nicht an. »Manchmal spüre ich meinen Vater in der Nähe. Sicher passt er bloß auf, dass ich keinem erzähle, wer ich wirklich bin.«

»Womöglich wacht er doch über dich?«, sagte Percy, während er ebenfalls aus dem Bett stieg und Rune in den Wohnraum folgte.

Der schnaubte. »Auf keinen Fall.«

Uneinsichtig wie eh und je!

Behutsam erklärte Percy: »Er war für dich da, auf seine Weise. Er hat deiner Mutter Geld gegeben, damit sie sich um dich kümmern und dir eine schöne Kindheit ermöglichen konnte.«

»Ich hätte lieber einen Vater gehabt«, knurrte Rune, während er unruhig vor der Terrassentür auf und ab schritt.

Sein sturer Riese war anscheinend sehr verletzt. Aber er öffnete sich endlich, daher wollte Percy ihn vorsichtig weiter befragen. »Wie ist deine Mutter gestorben?«

Erst dachte er, Rune würde nicht reden, aber dann erzählte er leise: »Es geschah, als ich fünfzehn Jahre alt war. Mum musste natürlich einkaufen und andere Dinge erledigen und konnte nicht ununterbrochen bei mir sein. Als sie eines Tages mal wieder Besorgungen machte, wurde sie von einem Dämon getötet, der sich an ihrer Seele genährt hat.« Zitternd atmete er ein. »Als ich aufgewacht bin und sie war nicht da, wusste ich, dass etwas nicht stimmte. Ich habe ihre Fährte aufgenommen und sie in einer düsteren Gasse gefunden.« Er kniff kurz die Lider zusammen, als wollte er die schlimmen Erinnerungen verdrängen. »Ich bin fast durchgedreht, weil ich sie nicht beschützen konnte, und habe den Gargoyle in mir verflucht. Wenigstens konnte ich am Tatort den Geruch des Dämons wittern.

Jede Nacht bin ich seitdem durch New York gezogen, um alle Höllenwesen zu töten, die mir zwischen die Klauen kamen. Selbst als ich den Dämon gekillt habe, der meine Mutter getötet hat, habe ich nicht aufgehört und alle Unterweltler abgeschlachtet, die meinen Weg kreuzten.«

Rune war von Rache und Wut erfüllt gewesen. Percy konnte es ihm nicht verdenken. Kein Wunder, dass er auch Vorbehalte gegen Inkubi hatte. »Hast du von den Dämonenkämpfen diese Narben?« Er deutete auf die alten, bleichen Verletzungen an Runes Bauch.

»Hm«, brummelte der.

»Wo hast du dann gelebt?«, wollte Percy als Nächstes wissen. »Wer hat sich um dich gekümmert?«

»Ich bin von zu Hause abgehauen, bevor die Wesengemeinde mich ins Heim stecken konnte. Drei lange Jahre lebte ich auf der Straße und schlug mich mit Gelegenheitsjobs durch, die ich nachts erledigen konnte. Tagsüber habe ich mich auf geweihtem Boden versteckt, oft auf Kirchendächern oder Friedhöfen. Hauptsache, Dämonen konnten den Ort nicht betreten. Bis ich eines nachts wieder die Anwesenheit meines Vaters witterte. Er behauptete, dass er mich all die Jahre gesucht hat. Er hat mir einen Umschlag mit Geld in die Hand gedrückt, gesagt: ›Mach was aus deinem Leben‹, und ist wieder verschwunden.« Rune schnaubte und schaute durch die Glastür nach draußen auf die Terrasse. »Im Untertauchen war er schon immer hervorragend.«

Percy war sich sicher, dass Runes Vater alles getan hatte, was in seiner Macht stand. Bestimmt war es für ihn auch gefährlich, seinem Sohn zu helfen. Ein Gargoyle durfte keinen Kontakt zu einem Verstoßenen haben, oder er wurde selbst zu einem Ausgestoßenen.

»Was hast du danach getan?«, fragte er vorsichtig.

»Zuerst wollte ich das Geld nicht, aber Gelegenheitsjobs und Dämonenjagd vertragen sich nicht besonders gut. Ich habe fast nichts verdient, konnte mir oft tagelang nichts Richtiges zu essen kaufen. Also beschloss ich, mich als Privatdetektiv selbstständig zu machen. Das lief zuerst ganz gut, doch mittlerweile wenden sich die Wesen mit ihren Problemen ans DPI. Irgendwie bin ich dann auch da gelandet.«

»Darüber bin ich sehr froh, sonst hätten sich unsere Wege wohl nie gekreuzt.« Percy holte tief Luft. »Danke, dass du mir all das erzählt hast. Jetzt verstehe ich dich endlich und weiß, warum du keinem Dämon traust.«

Rune blickte ihn alarmiert an. »Hast du deinen Freunden erzählt, dass ich ein Mischling bin?«

»Es weiß niemand.«

»Vielleicht werden dich die Gargoyles trotzdem töten«, murmelte Rune und schaute ständig nach draußen. Es wurde langsam heller. Laut Percys innerer Uhr musste es kurz nach sechs sein.

Jetzt fing der Kerl schon wieder mit dem Thema an, und langsam wurde es ihm auch ein wenig mulmig zumute. Runes Unruhe steckte ihn an. Was, wenn er recht hatte?

»Es wird doch keiner erfahren.« Percy legte ihm beruhigend eine Hand auf den nackten Arm. »Außerdem bringen Gargoyles keine Unschuldigen um.«

Rune schaute ihn an, als würden ihm vier Hörner aus dem Kopf wachsen. »Du bist ...«

»Ein Dämon, ja.« Percy seufzte. »Und zwar einer, der dich von heute an beschützen wird. Ich bin ein gewissenhafter Inkubus und kein Monster, das Menschen verdirbt, sie tötet oder in Besitz nimmt. Ich habe mich nie so oft von einer Person genährt, dass sie Schaden genommen hat, und ich würde nie etwas tun, was einen anderen verletzt.«

Plötzlich zog Rune ihn an sich und hielt ihn fest umschlungen. »Ich glaube dir.«

»Ehrlich? Auf einmal?«, murmelte Percy erstickt, weil seine Gesicht an Runes Hals gedrückt wurde. Tief atmete er ein und schlang die Arme um den mächtigen, erhitzten Leib. Bei Rune fühlte er sich einfach wohl.

»Der Gargoyle in mir ist stark, doch der Löwe konnte ihn schließlich überzeugen, dich so sehr zu begehren, wie er es tut.«

Percy erstarrte. Kam das einer Liebeserklärung gleich? Vorsichtig fragte er: »Du ... begehrst mich?«

»Jede dämonische Zelle in dir.«

Gab es womöglich eine Zukunft für sie? Sein Herz raste, und er löste sich breit grinsend von Rune. »Dann heißt das, wir treffen uns jetzt öfter? Gehen ins Kino? Unternehmen andere Dinge? Haben Sex?«

»Eine ganze Menge Sex«, raunte Rune, woraufhin Percy lachte.

»Ich habe da nur eine kleine, elementare Frage.«

»Ich höre«, sagte Rune schmunzelnd und zog die Tür zur Dachterrasse auf. »Aber beeile dich, ich werde mich gleich verwandeln.«

Percy folgte ihm nach draußen in den kühlen Frühlingsmorgen. Von hier oben, am Mauervorsprung, besaßen sie eine hervorragende Aussicht auf die anderen Häuser. Die seitlichen Wände waren jedoch so weit hochgezogen worden, dass niemand sie sehen konnte, solange sie vor der Tür standen. »Wie alt kann denn ein Gargoyle werden?«

»In Rumänien soll es angeblich einen gegeben haben, der hat es auf vierhundertdreißig Jahre gebracht.«

»Wow!« Leise pfiff Percy durch die Zähne. Er hoffte so

sehr auf ein Happy End.

Rune stellte sich neben die Tür und ging in die Hocke. »Ich muss mich jetzt beeilen, die Sonne geht jeden Moment auf.« Von seiner Position aus schaute er zu ihm auf. »Vorher verwandele ich mich noch schnell in einen Löwen. Das mache ich immer so, dann kommt vielleicht kein Dämon auf die Idee, wer oder was sich wirklich unter dem Stein versteckt.«

»Das ist genial!« Percy fiel schon wieder eine Frage ein. »Kannst du dich auch in einen Gargoyle verwandeln? So mit Schwingen und allem drum und dran?«

Ein Schatten huschte über Runes Gesicht. »Leider nicht, denn dann hätte die ganze Sache wenigstens etwas Cooles.«

»Ich finde dich auch so schon cool genug.« Percy beugte sich zu ihm, um ihm einen schnellen Kuss zu geben, den Rune mit einem zufriedenen Lächeln quittierte. »Ich werde bei dir sein, wenn du aufwachst. Versprochen.«

Keinen Wimpernschlag später sprossen bereits die ersten Haare aus Runes Haut, und wenige Augenblicke danach saß ein riesiger Löwe neben der Tür. Er riss das Maul auf, um seine scharfen Fänge zu zeigen, und hob eine Pranke, als wollte er Percy mit den Krallen eins überziehen. In dieser Position blieb er sitzen und warf ihm noch einen durchdringenden Blick zu, bevor sich ein grauer Schleier über die glänzenden Augen legte. Innerhalb von Sekunden verwandelte sich das Fell in Stein – und vor ihm saß nun kein lebendiger Löwenwandler mehr, sondern eine starre Statue. Ein Gargoyle …

Erst jetzt bemerkte Percy, wie sehr sein Herz raste. Vorsichtig streckte er eine Hand aus, um mit den Fingern über die Mähne zu fahren. Sie fühlte sich tatsächlich wie Stein an, aber nicht so kalt, ein wenig wärmer.

Percy beugte sich seitlich neben Rune zu ihm herunter, drückte ein Ohr auf dessen steinernen Rücken und legte eine Hand an die harte Brust. Ganz leise hörte Percy Runes Herz darin schlagen. Er lebte.

Percy zwinkerte sich eine Freudenträne aus dem Auge. Rune hatte ihm vollkommen vertraut, Percy hatte bei ihm bleiben dürfen.

»Schlaf gut, mein süßer Löwe«, wisperte er. Es würde wirklich niemand auf die Idee kommen, dass unter dem Stein ein Gargoyle steckte. Oder ein Wandler. Oder ein … »Gargoylewandler.«

Rune war einzigartig, genau wie ihre verbotene Liebe.

Percy straffte sich. Ja, er liebte Rune, und der hatte ihm zumindest seine Zuneigung gestanden. Vor Freude wollte er jubeln, jauchzen und in die Luft springen! Doch er wollte sich nicht zu früh freuen, einen Rückschlag würde sein Herz nicht verkraften.

Eins nach dem anderen …

Da er heute noch frei hatte, würde er sich schnell anziehen und es sich in Runes Nähe gemütlich machen. Wenn er gewusst hätte, dass er tagsüber hierbleiben würde, hätte er seinen Laptop mitgenommen. Aber so ein computerfreier Tag hatte auch was. Sicher besaß Rune ein paar Bücher oder Magazine, mit denen er sich die Zeit vertreiben konnte, und falls nicht, hatte er ja noch sein Handy. Oder er würde Rune eben die ganze Zeit einfach bloß ansehen. Das würde ihm auch genügen.

Bevor er hineinging, wollte er jedoch mit Rune den Sonnenaufgang genießen, deshalb stellte er sich neben ihn, mit dem Rücken zur Tür. Rune blickte genau nach Osten, und bald würden die ersten Strahlen auf sein versteinertes Gesicht treffen. Diese würden ihm neue Kraft und Energie verleihen.

Gerade, als ihm Percy erneut eine Hand auf den Rücken legen wollte, schloss sich von hinten kraftvoll ein Arm um seinen Hals und zog ihn zurück in die düstere Wohnung.

»Bleib weg von ihm!«, knurrte ihm eine dunkle, raue und furchterregende Stimme ins Ohr, bevor er auf den Boden geschleudert wurde.

Schnell drehte sich Percy herum und schluckte hart, als sich ein zwei Meter großes Monster vor ihm aufbaute und scharfe Fänge fletschte.

Vor Angst erstarrt blieb er auf dem Boden sitzen.

War das menschenähnliche Wesen mit der leicht gräuliche Haut ein Dämon? Es besaß spitze Ohren und zwei kurze Hörner, die unter seinem struppigen Haar hervorlugten, eine breite Nase und ein markantes Kinn. Sein ganzer Körper schien nur aus mächtigen Muskeln zu bestehen und wurde an der Körpermitte durch einen Lendenschurz verhüllt ... und einen seltsamen Umhang, der wie ein Ledermantel aussah.

Percy rutschte beinahe das Herz in die Hose, bloß trug er gar keine Hose! Völlig nackt und verwundbar lag er vor diesem grauenvollen Wesen. Fuck! Er wünschte, er hätte seine magischen Steine dabei oder wenigstens eine Waffe in Griffweite. Aber außer der Fernbedienung lag nichts in der Nähe, womit er sich hätte verteidigen können.

Okay, genug Angst gehabt, sagte er sich, um sich Mut zu machen. *Ich muss Rune beschützen!*

Blitzschnell kam Percy auf die Beine und wich bis in den hintersten Winkel des Raumes zurück. Er musste das Ungeheuer von der Terrasse weglocken!

Da öffnete sich der Mantel des Monsters und ... er breitete sich wie von Geisterhand hinter dessen Rücken aus. Er wurde zu mächtigen, ledernen, fledermausähnlichen Schwingen!

Das war kein Dämon, sondern ein Gargoyle!

Diese Erkenntnis entspannte Percy nur geringfügig, denn das geflügelte Wesen sah immer noch aus, als würde es gleich einen Mord begehen. Es besaß nicht nur furchteinflößende Fänge, sondern auch dicke Krallen. Ob das Runes Vater war? Eine geringe Ähnlichkeit war zu erkennen.

»Was suchst du hier?«, fragte Percy mit möglichst fester Stimme und richtete sich zu seiner ganzen Größe auf. Leider überragte ihn der Gargoyle immer noch.

»Ich bin gekommen, um dich zu töten, Dämon!«, knurrte er.

Shit! Denken, Percy!

»Hast du Angst, dass ich Rune etwas antun könnte?«, fragte er vorsichtig und schlich entlang der Wand auf die Wohnungstür zu, die in den Hausgang führte. »Du bist sein Vater, oder?«

»Was hat er dir erzählt?« Pfeilgeschwind war der Gargoyle bei ihm und packte ihn mit einer Klauen bespickten Hand an der Gurgel. Mühelos hob er Percy in die Luft.

»Nichts!« Er würgte und zappelte in dem festen Griff, schaffte es jedoch, zu fragen: »Warum hast du dich noch nicht in Stein verwandelt?« Womit könnte er Runes Vater ablenken? Ihn milde stimmen? *Denken!*

»Das würdest du wohl gerne wissen, Dämon«, brüllte der ihm ins Gesicht.

Percy zappelte weiterhin in seinem Griff und bekam kaum noch Luft. »Du willst mich also töten?«, krächzte er.

»Wie wäre es zuerst mit reden? Das bist du deinem Sohn schuldig!«

Das riesige Wesen kniff die Lider zusammen, als würde

es überlegen. »Ich will wissen, was Rune dir erzählt hat.«

Okay, der Gargoyle war zu einem Gespräch bereit. Sehr gut! Percy schielte zur Schlafzimmertür. »Kann ich mir zuvor etwas anziehen?«

»Da wo wir hingehen, brauchst du keine Kleidung«, knurrte Runes Vater, ohne ihn loszulassen.

Vielleicht habe ich seinen Erzeuger doch völlig falsch eingeschätzt, waren Percys letzte Gedanken, bevor ihm der Gargoyle mit einem kräftigen Ruck das Genick brach und die Welt um ihn herum in Finsternis versank.

Kapitel 8

Ein Prickeln auf der Haut und zarte Stromimpulse, die durch seinen Körper zuckten, kündigten für Rune immer das Ende des Steinschlafes an. Bald würde er erwachen und in Percys strahlendes Gesicht blicken.

Was hatte er bloß für verrückte Träume gehabt? Sein süßer Inkubus war in jedem einzelnen vorgekommen. Mal hatten sie sich geliebt, dann wieder gestritten und versöhnt ... Die Beziehung zu einem Dämon schien ihn wirklich zu beschäftigen. Doch Percy brachte endlich Abwechslung in sein Leben und hatte außerdem seine Sicht auf einige Dinge grundlegend verändert. Wer hätte das gedacht: Er und ein Inkubus? Könnte er sich ein Leben mit Percy vorstellen? Eine richtige Beziehung?

Auf jeden Fall.

Könnte er ihn auch als seinen Gefährten markieren, damit alle Wesen wussten, dass der sexy Dämon nun der Seine war?

Runes Herz pochte wild. Ja, das könnte er sich vorstellen.

Kaum hatten sich alle Zellen zurückverwandelt, streckte er die Glieder und schüttelte sein Fell. Der Tag musste sehr sonnig gewesen sein, denn er fühlte sich ausgezeichnet! Ihm war warm bis ins Mark, was aber sicher nicht nur an der Sonne lag. Er freute sich auf noch mehr heiße Stunden mit Percy, schließlich sollten sie es ausnutzen, dass sie heute noch einen freien Tag hatten.

Als er sich nach ihm umblickte, verkrampfte sich jedoch sofort sein Magen. Percy hatte nicht Wort gehalten. Er war nirgendwo zu sehen.

Rune schluckte seine immense Enttäuschung hinunter

und sagte sich: *Er ist sicher drin.* Langsam sollte er wirklich lernen, nicht immer vom Schlimmsten auszugehen.

Während er in seiner Löwengestalt zurück in die Wohnung trabte, verwandelte er sich in einen Menschen und rief: »Percy?«

Noch bevor er sich ganz aufgerichtet hatte, wusste er: Hier stimmte etwas nicht! Dieser Geruch …

Von Percy war weit und breit nichts zu sehen und die Haustür stand einen Spalt offen.

Hatte Percy kalte Füße bekommen? Oder war er nur schnell zum Einkaufen gegangen?

Rune verdrängte die Gedanken an seine Mutter und rannte ins Schlafzimmer. Dort lag noch Percys gesamte Kleidung.

Nein … bitte nicht!

Ihm wurde schwarz vor Augen. *Percy wollte mich beschützen, dabei befand er sich in größerer Gefahr als ich. Ich hätte ihn nach Hause schicken sollen!*

»Zamur«, knurrte Rune und lief zurück in den Wohnraum. Zuerst war er sich nicht sicher gewesen, weil es zu lange her war, seit er ihn zuletzt gewittert hatte. Aber Rune roch ihn nun deutlich! Der Duft seinen Vaters hing in der gesamten Wohnung.

Rune hatte dessen Namen bisher nie zuvor ausgesprochen, weil er nur ein gesichtsloses Wesen für ihn war, das sich ihm nie richtig gezeigt hatte. Doch jetzt brüllte er den Namen seines Erzeugers gleich ein weiteres Mal: »Was hast du mit Percy gemacht, Zamur?«

Angst schnürte seine Kehle zu. Percy war nicht hier und sein Vater auch nicht!

Angestrengt versuchte Rune sich zu konzentrieren, während er ins Schlafzimmer zurücklief und sich dort eine legere Jogginghose überstreifte. Er roch nirgendwo Blut, also schien Percy nicht verletzt zu sein. Doch wo war er?

Schnell griff er sich Percys T-Shirt, um tief den berauschenden Duft seines Liebsten aufzunehmen. Danach warf er das Hemd aufs Bett und filterte den Geruch aus tausend anderen in der Umgebung heraus. Er mischte sich mit dem seines Vaters und führte Rune zur Tür hinaus und die Treppen hinunter in den alten Keller des Gebäudes. Rune machte kein Licht, denn durch die Schächte drang für seine Augen genug Helligkeit nach unten. Ein Mensch hingegen würde kaum etwas erkennen.

Rune besaß hier wie alle Bewohner ein Abteil, nutzte es aber nur, um die alten Akten seiner Detektei aufzuheben. Große, aus Ziegelsteinen gemauerte Rundbögen unterteilten die einzelnen Bereiche, doch die Duftspur führte Rune nirgendwo dort hinein, sondern tiefer in den Keller, bis zu einem ungenutzten Raum, in dem sich Staub, Spinnweben und Gerümpel die Vorherrschaft erkämpft hatten. An der Wand stand ein alter Metallschrank, und die Schleifspuren am Boden zeugten davon, dass er erst kürzlich bewegt wurde.

Rune riss an dem Möbelstück, um es quietschend einen Meter von der Wand wegzuziehen. Jetzt offenbarte sich ihm ein Loch in der Mauer, das breit genug war, damit eine sehr große Person hindurchschlüpfen konnte. Herausgerissene Ziegelsteine lagen auf der anderen Seite der Öffnung, die, dem fehlenden Staubüberzug nach zu urteilen, noch nicht sehr lange existierte, vielleicht erst ein paar Wochen.

Ob sein Vater das Loch geschaffen hatte?

Früher hatte Rune aus Geldmangel in seinem Detektivbüro gewohnt, das sich in einem anderen Stadtteil befunden hatte. Erst seit er für das DPI arbeitete, lebte er in diesem Haus.

Seine Gedanken verschwammen, denn Percys Geruch, aber auch der seines Vaters, wurden beinahe übermächtig.

Percy lebt, machte er sich Mut, bevor er in die völlige Schwärze tauchte. Seine Schritte hallten von den alten Wänden, von denen hörbar Staub rieselte. Viele winzige Füßchen tapsten hier unten herum, wahrscheinlich nicht nur von Insekten, sondern auch von Ratten oder Mäusen. Der scharfe Geruch ihres Urins ließ ihn die Nase rümpfen.

Dank des Echos, das seine Schritte erzeugten, sowie der Duftspur konnte er sich gut orientieren. Ein paar Mal trat er in etwas Spitzes, doch die Haut an seiner Fußsohle war dicker als bei anderen Wesen, weshalb er kaum etwas spürte. Er fühlte nur rasende Angst, dass er zu spät kommen könnte. Sein Vater hatte Percy sicher nicht zum Spaß hier herunter gebracht. Sollte er Percy auch nur ein Haar gekrümmt haben, würde er ihn umbringen!

Nach mehreren Minuten wurde es endlich heller und Rune kam schneller voran. Allem Anschein nach befand er sich in einem stillgelegten U-Bahn-Tunnel. Lichtreste von Straßenlaternen drangen durch die Belüftungsschächte nach unten, genau wie das Geräusch der Schritte von Menschen, die an der Oberfläche über die Bürgersteige eilten. Doch schon wenige Herzschläge später war er wieder von absoluter Schwärze umgeben. Sein Puls pochte so laut in den Ohren, dass er die grollende Stimme seines Vaters nur gedämpft hörte.

»Was mache ich jetzt mit dir, Dämon?«

Rune sprintete los, obwohl er nicht einmal mehr die Hand vor Augen sah, doch das Echo leitete ihn erneut. Immer noch witterte er nur Percy und Vater, also lebten hier unten keine anderen Gargoyles. Zamur hatte dafür gesorgt, mit Percy allein zu sein.

Fuck!

Als er um eine Ecke bog, gefror ihm beinahe das Blut in den Adern, denn der flackernde Schein einer Kerze erhellte ein grausames Szenario. Splitternackt und reglos lag Percy im Staub, Hand- und Fußgelenke mit dicken Eisenschellen umschlossen. Eine dicke Kette führte von ihnen bis zum Hals, um den ebenfalls eine Schelle lag. Diese war mit einer weiteren Kette mit der Wand verbunden. Percys Herz schlug noch, dem Himmel sei Dank, doch er sah sehr mitgenommen aus. Sein Körper starrte vor Dreck, nur nicht dort, wo Tränen den Staub aus seinem Gesicht geschwemmt hatten und unglaublich blasse Haut offenbarten.

Ohne Vorwarnung griff Rune seinen Vater an, der ihn längst mit starrer Miene musterte. Natürlich hatte er Rune kommen gehört. Er legte allen Zorn und sämtliche Angst um Percy in seinen Schlag und rammte seinem Erzeuger beide Fäuste in die Brust, sodass dieser zurückgeschleudert wurde. »Du Schwein! Was hast du getan?«

Zamur krachte mit dem Rücken gegen die Wand; Staub rieselte auf dessen Schwingen und die breiten Schultern. »Du hast einen Dämon in deine Wohnung gelassen!«

Rune ließ sich neben Percy auf die Knie fallen und tastete den reglosen Körper seines Geliebten so schnell wie möglich ab, ohne seinen Vater aus den Augen zu lassen. Zum ersten Mal im Leben sah er seinen Erzeuger richtig. Sie beide waren gleich groß und von ähnlicher Statur, nur dass ihm die spitzen Ohren und die kurzen Hörner fehlten.

»Er ist ein Arbeitskollege!« Nachdem Rune an Percy keine Verletzungen feststellen konnte, sprang er auf und holte erneut aus. Seine Faust sauste gegen das kantige Kinn seines Vaters. »Und er ist ein Freund! Du hattest kein Rech…«

Jetzt erst schlug Zamur zurück. Dessen flache Hand traf Runes Wange mit solcher Wucht, dass sein Kopf nach hinten schnellte.

Zornig knurrte Zamur ihn an. »Dein Geruch ist überall an diesem Dämon! Er ist nicht einfach nur *ein Freund*!«

»Sein Name ist Percy, und er arbeitet für das DPI!«

»Das weiß ich längst«, knurrte Zamur und wich vor Rune zurück.

Warum kämpfte der Mistkerl nicht endlich richtig? »Du hast ihn sicher nicht freundlich gefragt!«

»Ich musste herausfinden, was er über uns weiß.«

»Über uns?«, brüllte Rune. »Meinst du über dich und mich? Da gibt es nicht viel zu wissen, denn du warst nie für Mum oder mich da!« Er ließ neue Schläge auf seinen Vater einprasseln, die diesmal abgewehrt wurden. Zamur schlug nicht zurück. Wollte der abwarten, bis ihn alle Kraft verließ, um danach vernichtend anzugreifen?

Sofort wich Rune einen Schritt nach hinten, behielt aber die Fäuste oben. Seine Krallen hatten sich längst ausgefahren, genau wie die Fänge. Doch die Klauen seines Vaters waren viel länger. Noch … *Warte, bis ich mich ganz verwandelt habe, Mistkerl!*

»Wie konntest du Percy überhaupt entführen?«, fragte Rune, um Zeit zu schinden. Er musste sich einen Plan überlegen, wie er seinen Vater besiegen könnte, um Percy von hier fortzubringen. »Wenn ich bei Sonnenaufgang in den Steinschlaf übergehe, müsstest du das auch!«

»Man kann lernen, die Verwandlung ein paar Minuten hinauszuzögern. Tief unter der Erde, so wie an diesem Ort, zu dem kein Licht vordringt, kann der Steinschlaf noch länger verzögert werden, bis zu einer Stunde. In der Unterwelt, bei den Dämonen, würden wir gar nicht mehr schlafen. Das würde uns töten!«

»Das wüsste ich, wenn ich einen Vater hätte, der mir alles beibringt. Doch du bist ein Monster und Feigling, hast dich immer versteckt und tauchst gerade jetzt auf, als in meinem Leben endlich mal etwas Gutes passiert?« Noch mehr Zorn schwelte in ihm. »Was hast du Percy angetan? Wieso ist er bewusstlos?« Immer noch lag er reglos auf dem Boden, doch sein Herz schlug. Während Rune und Zamur geschlafen hatten, war Percy hier unten den ganzen Tag lang allein und gefesselt gewesen. An seinen abgebrochenen Fingernägeln erkannte Rune, dass er versucht hatte, sich von den Ketten zu befreien.

Es zerriss ihm beinahe das Herz, und er brüllte erneut: »Was hast du mit ihm gemacht?«

»Ich musste wissen, ob er dir schaden wollte und was du ihm über mich erzählt hast.«

Hatte Vater ihn gefoltert? Bitte, bitte nicht! »Percy ist einer von den Guten!«

»Das weiß ich jetzt auch«, gab Zamur zähneknirschend zu. »Und er ist zäh. Habe ihm in deiner Wohnung das Genick gebrochen, und schon wenige Minuten später hat er sich wieder regeneriert. Mit ein paar harmlosen Knochenbrüchen ging das Spiel hier unten weiter.«

»Harmlos?« Rune brüllte wie eine verwundete Raubkatze und ging mit Fängen und Krallen auf seinen Vater los. Er fügte ihm ein paar ordentliche Kratzer zu, doch nichts Ernstes. Rune kam einfach nicht an dessen Hals heran, doch er stand kurz davor, sich in einen Löwen zu verwandeln. Noch war ihm Zamur überlegen, aber sollte Rune zum Tier werden, würde er ihn mit Leichtigkeit zerfleischen können.

»Der Inkubus ist viel stärker als ein gewöhnlicher Dämon. Deinetwegen!«, spie ihm sein Vater entgegen. »In ihm fließt deine Lebensenergie, ich kann sie in ihm wittern. Du hast dich von ihm verführen lassen!«

»Wir haben es beide gewollt!« Rune sah nur noch rot vor Zorn und ging erneut auf seinen Vater los. »Warum hast du nicht aufgehört, ihn zu quälen?« Percy wäre nicht bewusstlos, wenn sein Vater ihn nicht für längere Zeit gefoltert hätte. Oder hatte er ihm etwa erneut das Genick gebrochen? »Du Bastard!«

Zamur packte seine Handgelenke. »Junge, hör auf, mich zu bekämpfen! Der Inkubus wollte mir nicht erzählen, was du ihm über mich verraten hast.«

»Weil er der Einzige ist, der mich, seit Mum tot ist, liebt!«

»Dämonen können nicht lieben!«

»Er schon, deshalb hat er dir auch nichts erzählt und die Schmerzen auf sich genommen. Percy wollte mich schützen! Außerdem hast du doch gerade selbst gesagt, dass du das Gute in ihm gespürt hast!«

Abrupt ließ sein Vater ihn los und wich zurück.

Rune wollte den Moment nutzen, sich komplett zu wandeln, um seinen Erzeuger ein qualvolles Ende zu bereiten, doch in genau diesem Augenblick hörte er Percy wispern: »Tu es nicht …« Seine Stimme glich einem Hauch und er hatte beim Sprechen kaum die Lippen bewegt. Immer noch lag er reglos im Staub.

Percy ist sehr schwach, hörte Rune die Stimme seines Löwen, *aber noch schlägt sein Herz. Also entscheide dich, was dir wichtiger ist: deine Rache oder sein Leben? Du weißt, wie du ihn retten kannst …*

Rune musste nicht lange überlegen. Mit einem wütenden Knurren wandte er sich von seinem Vater ab, ging zu Percy und zerbrach eine der dicken Ketten mit einem kräftigen Ruck. Jetzt konnte er die einzelnen Glieder durch die

Ösen an den Schellen ziehen. Danach riss er die andere Kette aus der Wand; Percy war frei. Doch er trug immer noch die massiven Schellen. Sie hatten seine zarte Haut blutig gerieben.

Sein Vater trat knurrend neben ihn, griff ihn jedoch nicht an. »Ich muss wissen, was du für diese Kreatur empfindest!«

»Alles!«, brüllte Rune ihm entgegen, während er eine Klaue in das Schloss der ersten Schelle bohrte, um sie zu öffnen. Mit einem leisen »Klick« sprang sie auf und er zog sie ab. Genauso verfuhr er mit den anderen.

Zamur wich keuchend zurück in den Schatten, als hätte Rune ihn geschlagen. »Diese ... Verbindung ist abartig. Wir töten Dämonen! Auch wenn dieser Inkubus anders ist ... Ich kann dir eine Beziehung zu ihm nicht durchgehen lassen. Es könnte immer noch eine List sein.«

»Wenn du das weiterhin glaubst, wirst du uns beide töten müssen.« Behutsam hob er Percy auf die Arme und drückte seinen kalten Leib an seine Brust. So liebevoll, wie er es mit seiner knurrenden Stimme vermochte, sagte er zu ihm: »Ich bin hier, Percy. Ich bringe dich in Sicherheit.«

Er glaubte, seinen Süßen aufatmen zu hören, und als Percy den Kopf drehte, um ihn an seine Schulter zu schmiegen, wollte Rune mit ihm nur noch hier raus.

Zamur stellte sich vor die schmale Passage und versperrte den Weg zurück in den Keller. »Du wirst nirgendwo hingehen!«

»Du hast mir nichts zu befehlen, Gargoyle. Der Klan hat mich nie akzeptiert, also muss ich von einem wie dir auch keine Befehle entgegennehmen. Aus dem Weg!«

Sie maßen sich mit drohenden, teuflischen Blicken, bis Percy wisperte: »Er will dich nur beschützen ...« Danach verlor sein Körper sämtliche Spannung und sein Kopf rutschte von Runes Schulter.

»Percy!« Ihn hielt nichts mehr. Er drängte sich seitlich an Zamurs massigem Körper vorbei, und sein Vater stoppte ihn nicht, ja, er verfolgte ihn nicht einmal. Während Rune mit Percy den Weg zurückeilte, flüstere er ihm immer wieder zu: »Bleib bei mir.« Hoffentlich war es für Percy noch nicht zu spät.

Kapitel 9

»Mir ist so kalt«, flüsterte Percy, als Rune mit seinem Fuß die Wohnungstür hinter sich zustieß.

Rune war überglücklich, seine Stimme zu hören! »Dir wird gleich wieder warm werden.«

Schnurstracks eilte er mit Percy auf den Armen ins Badezimmer und direkt in seine geräumige Dusche. Sie bestand, neben der Rückwand, aus zwei weiteren gefliesten Wänden, die bis unter die Decke reichten, und einer steinernen Sitzbank. Die große Duschkabine und die geniale Dachterrasse hatten den Ausschlag gegeben, das Apartment zu mieten. Ein Wesenmakler hatte sie ihm angeboten, gerade als er eine Bleibe gesucht hatte. Auf dem normalen Wohnungsmarkt hätte Rune solch eine Unterkunft wohl nie gefunden. Sie wäre sogar groß genug, um noch eine Person zu beherbergen … Bei diesem Gedanken wurde ihm bewusst, dass er keine Ahnung hatte, wo und wie Percy lebte. Die meiste Zeit schien sein süßer Nerd im Labor zu stecken, deshalb hatte sich Rune bisher nie gefragt, wie es bei Percy zu Hause aussah.

Mit seinem Rücken schirmte Rune den zitternden Körper in seinen Armen vor dem herabfallenden Wasser ab und wartete, bis es eine angenehme Temperatur erreicht hatte. Erst danach trat er ganz unter den Strahl, damit das warme Nass auf Percys Brust rieseln konnte.

Selig lächelnd regte er sich und schlug schließlich die Augen auf.

Rune holte tief Luft. Es schien Percy schon besser zu gehen.

»Was hat dir Zamur angetan?«, fragte Rune vorsichtig.

Percys Lächeln schwand. »Ich wusste gar nicht, dass du den Namen deines Vaters kennst.«

»Ich habe ihn nie so genannt«, murmelte Rune, »und ich will in Zukunft nicht mehr über ihn sprechen. Nur jetzt.« Eindringlich starrte er Percy an. »Also, was hat er mit dir gemacht?« Er musste es einfach wissen!

Zitternd atmete Percy aus und mied seinen Blick. »Er hat geglaubt, wenn er mir ein paar Knochen bricht, würde ich reden.«

Rune knurrte. »Ein paar Knochen? Er hat behauptet, er hätte dir das Genick gebrochen!«

»Ja, noch in deiner Wohnung«, gestand Percy leise. Offenbar wollte er nicht so recht mit der Sprache herausrücken, um ihn nicht noch wütender zu machen. Zögerlich fuhr er fort: »Ich bin erst in diesem unterirdischen Raum wieder aufgewacht. Dann hat dein Vater mich angeknurrt und mich mit seinen Krallen geritzt, bevor er angefangen hat, mir jeden Finger einzeln zu brechen.« Percy hielt sich eine Hand vor Augen und ballte sie zur Faust. Sie sah ganz normal aus. Anschließend strich er sich über die Wange.

Rune knurrte erneut. »Der Mistkerl hat dein Gesicht zerkratzt?«

»Hm.«

Mit aller Macht musste Rune sämtliche Beherrschung zusammenkratzen, um bei Percy in der Dusche zu bleiben und nicht nach seinem Erzeuger zu suchen. Rune wettete, dass »zerkratzt« in Wahrheit bedeutete, dass Zamur eine Klaue in Percys Wange versenkt und diese aufgerissen hatte.

Als ihm das schreckliche Bild vor Augen stand, sammelte sich bittere Galle in seinem Magen. Er presste die Lider zusammen und bedeckte Percys wunderschönes Gesicht mit Küssen. Dabei dachte er ständig: *Ich bringe das Schwein um!*

»Und was kam danach?«, grollte er.

»Danach hat dein Vater zum Glück erst mal geschlafen. Als er wieder aufgewacht ist, blieben ihm nur wenige Momente mit mir, aber die haben gereicht, damit er mir ein weiteres Mal das Genick brechen konnte, nachdem ich auf seine Fragen weiterhin mit Schweigen geantwortet habe.« Percy senkte den Blick, schlang jedoch einen Arm um Runes Nacken. »Das da unten in der Dunkelheit waren die längsten Stunden meines Lebens. Ich habe es einfach nicht geschafft, mich zu befreien.«

»Es tut mir so leid«, flüsterte Rune heiser. Er konnte dem grausamen Bericht kaum lauschen. »Ich habe nichts für dich tun …«

Als seine Stimme brach, lächelte Percy ihn sanft an. »Du hast mich gerettet. Du bist mein Held.«

Rune unterdrückte erneut den Zwang, zurück in den Keller zu laufen, um seinen Vater zu suchen und ihm jeden einzelnen Knochen zu brechen – bevor er ihn tötete! Doch ihm blieb jetzt keine Zeit für Wut oder Rache, denn er musste sich um seinen Süßen kümmern. »Ich konnte keine Brüche fühlen.«

»Wie dein Vater bemerkt hat … Du hast mir viel Energie gegeben und mein Körper konnte sehr schnell heilen. Doch meine Versuche, mich von den Ketten zu befreien, haben so viel Kraft gekostet, dass es beim letzten Genickbruch länger gedauert hat, bis ich …«

»Kannst du sitzen?«, unterbrach Rune ihn. Er wollte sich das nicht länger anhören!

»Ich glaube schon.«

Rune half ihm auf die Steinbank und bemerkte erst jetzt, dass er noch seine Jogginghose trug. Schnell schlüpfte er aus dem nassen Stoff und schleuderte ihn in die Ecke. Anschließend drückte er sich etwas Duschgel aus einer Tube in die Hand, um Percy von oben bis unten einzuseifen.

Sein schnuckliger Inkubus lehnte sich mit geschlossenen Augen zurück und lächelte, während Rune den duftenden Schaum überall verteilte.

Würde Percy ein Trauma zurückbehalten? Konnte es zwischen ihnen wieder so werden wie letzte Nacht?

Er ist ein Dämon, er ist stark, sagte er sich. *Aber er ist auch ein sensibles Wesen mit einem großen Herzen.*

»Ich werde alles tun, was in meiner Macht steht, um es Vater heimzuzahlen«, knurrte Rune.

Percy riss die Augen auf. »Tu das nicht. Du würdest es bereuen.«

»Ich würde mich nicht mehr so nutzlos fühlen«, grollte er.

»Dein Vater wollte dich immer nur beschützen.«

Rune schnaubte. »Du verteidigst diesen Bastard auch noch?«

Hastig schüttelte Percy den Kopf. »Nein, aber ich kann ihn verstehen. Ich habe die Angst in seinen Augen gesehen, Rune. Selbst als ich ihm tausend Mal versichert habe, dass ich dir nie etwas antun würde, hat er mir nicht geglaubt. Weil er dich liebt.«

Mit kräftigen Bewegungen rieb er über Percys Körper. »Ich habe nur eine Gefühlsregung an diesem Mistkerl bemerkt und das war der Hass auf dich.«

Percy griff nach seiner Hand, um sie festzuhalten. »Ein Dämon hat deine Mutter getötet.« Mehr sagte er nicht, doch schon dieser eine Satz erklärte so viel.

Ob sein Vater Mum vielleicht geliebt hatte? Sorgte er sich wirklich um ihn?

»Lass uns jetzt nicht mehr darüber reden«, murmelte Rune. »Du musst dich erholen.« Die Abschürfungen der

Fesseln waren immer noch nicht ganz verheilt, denn Percy benötigte dringend neue Energie! Außerdem wollte Rune, dass sein Liebster auf andere Gedanken kam. Darum begann er wieder, den Schaum auf ihm zu verreiben, und als er Shampoo in seinem Haar verteilte, schnurrte Percy beinahe wie ein Kätzchen.

Rune grinste. »Ich habe dich noch nie ohne deine Stachelfrisur gesehen.«

Percys kurzes Haar klebte nun an seinem Kopf sowie der Stirn und Schaum lief über sein Gesicht. Deshalb öffnete er nur ein Auge und sagte: »Mich hat noch nie jemand so schwach gesehen.«

»Schwach?«, stieß Rune ungläubig hervor, setzte sich neben Percy auf die Bank und hob ihn seitlich auf seinen Schoß. »Du warst so verdammt stark und tapfer da unten!« Dann küsste er leidenschaftlich die sündhaften Lippen und züngelte mit Percy, in der Hoffnung, dass ihm diese Zärtlichkeiten vielleicht auch schon ein wenig Energie schenkten.

Tatsächlich stöhnte Percy leise in seinen Mund, kam ihm mit der Zunge entgegen – und saß rittlings auf ihm, noch ehe sich's Rune versah.

Innerhalb von Sekunden war er hart und wie er bemerkte, ging es Percy nicht anders. Rune hob ihn an seinem kleinen Hintern hoch und senkte ihn langsam auf seine Erektion, die genüsslich in die herrlich feuchte Enge glitt.

Percy krallte sich an seinen Schultern fest und stellte die Füße neben ihm an der Bank auf.

Himmel, welch ein Anblick!

Percy bot sich ihm an, begab sich völlig in seine Hände – und Rune konnte nicht widerstehen. Als er Percys Brustwarzen direkt vor Augen hatte, musste er an dem gepiercten Nippel züngeln. Sofort stöhnte sein attraktiver Dämon noch lauter.

Rune wollte ihn diesmal so zärtlich wie möglich lieben und kratzte seinen letzten Rest an Beherrschung zusammen, um Percys Hintern möglichst langsam auf seinem Ständer zu bewegen, doch Percy übernahm selbst das Ruder und ritt ihn immer wilder.

Rune war überglücklich, dass es seinem Geliebten schon viel besser zu gehen schien. Um ihm noch mehr Lust zu verschaffen, hielt er Percy nur noch mit einer Hand am Po fest und schloss die Finger der anderen Hand um dessen hartes Geschlecht. Wasser lief über Percys wunderschönes Gesicht, und seine losgelöste Miene und der verklärte Blick berührten Rune zutiefst. Percy vertraute ihm, massierte ihn, brachte ihn an den Rand des Wahnsinns.

»Du bist … fantastisch«, raunte Rune. *Und eng, so eng und … heiß!*

Brüllend vor Lust legte er den Kopf in den Nacken und betrachtete durch halb gesenkte Lider, wie Percys Wangen wieder Farbe bekamen, als sein Höhepunkt über ihn hinwegfegte und frische Lebensenergie auf seinen Süßen überging. Auch Percy kam zum Gipfel, und dessen Erektion zuckte mehrmals in Runes Hand. Was für ein Gefühl, welch ein Anblick!

Während Rune seinen Liebsten füllte, klatschte dessen Sperma auf seinen Bauch. Dort verrieb es Percy mit einer Hand, bis es sich mit dem Duschwasser mischte. Die Abschürfungen an seinen Handgelenken waren verschwunden, und auch sonst deutete nichts mehr darauf hin, dass sein Leben am seidenen Faden gehangen hatte.

Während Rune immer noch mit Percy verbunden war, schlang er die Arme um ihn und zog ihn an sich. »Ich will mir nicht ausmalen, was geschehen wäre, wenn ich dich verloren hätte.« Die Sache war halbwegs gut ausgegangen, doch was passierte, wenn sein Vater erneut durchdrehte? Oder ein anderer Gargoyle auftauchte, um Percy diesmal schlimmere Dinge anzutun?

Auch wenn es ihm beinahe das Herz brach, sagte Rune heiser, ohne ihn loszulassen: »Vielleicht sollten wir unsere Beziehung noch einmal überdenken.«

Zärtlich rieb Percy die Nase an seiner Wange. »Du hast Angst um mich.«

Ja, verdammt, er hatte höllische Angst!

Anstatt seine Gefühle und vor allem seine Hilflosigkeit zuzugeben, wandte er das Gesicht ab und knurrte: »Du wirst mit mir nie eine normale Beziehung führen, nie Hand in Hand an einem Sommertag durch New York spazieren können. Wenn wir kuscheln, darf ich nicht einschlafen, oder ich halte dich in meinem Steingriff gefangen.«

»Pst.« Percy drehte behutsam Runes Gesicht zu sich und verschloss dessen Lippen mit einem zarten Kuss. »Du bist so viel mehr, als ich mir je erhofft habe. Im Grunde bin ich ein Nachtwesen, wie du, und meine zarte Dämonenhaut verträgt ohnehin keine Sonne.« Er grinste verschmitzt. »Ich werde nichts vermissen. Außerdem erstrahlt in deiner Gegenwart selbst die grauste Nacht in den buntesten Farben. Dank des Steinschlafes wirst du so viel länger leben als ein gewöhnlicher Wandler und wir können vielleicht noch die nächsten zweihundert Jahre oder länger zusammen sein.« Zitternd holte er Luft und sagte sanft: »Ich liebe dich, Rune McNamara, deinen sturen Löwen und deinen pessimistischen Gargoyle gleichermaßen, und gerade hast du mir gezeigt, wie sehr du mich liebst. Das kannst du nicht leugnen.«

»Kann ich nicht«, brummelte Rune, und ein Grinsen

stahl sich auf seine Lippen. »Ich liebe dich, du unglaublich liebenswerter Dämon.« Ihm wurde heiß und kalt zugleich, als er das sagte, denn er hatte noch nie jemandem seine Gefühle gestanden. Erst Percy hatte die Ketten um sein Herz gesprengt.

Sein sexy Inkubus strahlte über das ganze Gesicht, und obwohl immer noch Wasser darüber lief, glaubte Rune, auch Freudentränen zu erkennen. Fest klammerte sich Percy an ihn und überhäufte ihn mit Küssen.

Rune hatte bereits über fünfzig Jahre auf einen Partner gewartet, Percy sogar über ein Jahrhundert! Den Glauben an die Liebe und die Hoffnung darauf hatten sie beide beinahe verloren, während um sie herum Menschen und Wandler ihre Gefährten fanden und glücklich mit ihnen alt wurden. Es konnte sehr einsam machen, anders als alle anderen und fast unsterblich zu sein.

Niemals hatte Rune es für möglich gehalten, doch noch jemanden zu finden, der zu ihm passte, der sein zweites Wesen kannte und dem er all seine Geheimnisse anvertrauen konnte. Und nun hielt er diesen jemand in den Armen: einen zuckersüßen Nerd – das schönste Geschenk des Universums.

Oh Mann, was waren das für kitschige Gedanken? Percy musste ihn wohl doch verzaubert haben, denn so kannte sich Rune nicht. Oder machte die Liebe aus jedem einen Softie?

Egal – er würde nur in Percys Armen den Schmusekater geben, nur ihm allein seine softe Seite zeigen. Allen anderen würde sein Löwen mit Gebrüll begegnen, um sie auf Abstand zu halten, so wie immer.

»Bevor wir erneut übereinander herfallen«, sagte Percy zwischen ihren Küssen, »sollten wir dein Zuhause dämonensicher machen.«

Er hatte recht. »Doch das löst nicht das Problem mit Zamur. Er ist kein Dämon und kann die magische Barriere
bestimmt durchschreiten.«

Percy nickte. »Deshalb sollten wir mit deinem Vater reden. Zusammen und *ohne* Mordgedanken. Wenn er den
anderen des Klans erzählt, dass ich nur gute Absichten
hege, werden sie uns vielleicht in Ruhe lassen.«

»Und wie willst du das anstellen?« Tief blickte Rune ihm
in die blauen Augen. »Es darf wahrscheinlich keiner wissen, dass Vater hin und wieder Kontakt zu mir hatte. Er
wird deshalb auch keinem erzählen, was im Keller passiert
ist.«

Winzige weiße Sternchen schienen in Percys Iriden zu
explodieren, als er verkündete: »Ich werde mir etwas überlegen.«

Rune wettete, dass sein gewiefter Inkubus bereits eine
Idee hatte.

Kapitel 10

Es dauerte noch einmal eine gute halbe Stunde, bis sie es schließlich aus dem Badezimmer herausschafften und sich anzogen. Trotz all der schrecklichen Dinge, die Percy zugestoßen waren, fühlte er sich glücklich. Die qualvollen Stunden in völliger Dunkelheit oder die Momente, in denen er Zamurs Wut ausgesetzt war, waren jedes Leid wert gewesen. Denn nun wusste er zu hundert Prozent, was er Rune bedeutete. Der sexy Löwenwandler liebte ihn und zögerte nicht eine Sekunde lang, sich in einen Kampf zu stürzen, um ihn zu beschützen!

Sein Herz machte einen aufgeregten Hüpfer. Runes Lebensenergie summte in ihm; er fühlte sich stark und zu neuen Abenteuern bereit. Dennoch erschauderte er, als er daran dachte, dass er Zamur noch einmal entgegentreten musste. Die meisten anderen Dämonen hätten die Folter wohl einfach weggesteckt. Die Schmerzen waren auch schon fast wieder vergessen, aber an dem Gefühl der Hilflosigkeit würde Percy noch eine Weile zu knabbern haben.

Tief atmete er durch. Sie mussten nach vorne schauen. Irgendwie ging es immer weiter.

Percy warf einen intensiven Blick auf Rune, der gerade E-Mails auf seinem Handy checkte, und musterte dessen angespanntes Gesicht. Wahrscheinlich las er sich einen Zeugenbericht durch, so konzentriert wie er aussah. Perfekt! Jetzt könnte sich Percy vielleicht davonschleichen.

»Ich werde mal schnell ein paar Kristalle holen.« Er versuchte sein Bestes, einen entspannten Plauderton anzuschlagen. »Ich habe noch welche zu Hause. Bin in etwa einer Stunde wieder zurück.«

Sofort wandte Rune ihm das Gesicht zu und schob das Telefon in die hintere Hosentasche. »Ich komme mit. Denkst du, ich lasse dich jetzt allein da raus? Ich traue meinem Erzeuger alles zu.«

So ungern sich Percy auch nur für eine Sekunde von Rune trennen wollte – er war es sich selbst schuldig, sein Leben nicht von Angst bestimmen zu lassen. Schließlich wollte er Runes gleichberechtigter Partner sein, nicht sein Schutzbefohlener. Percy war jedoch verzückt von der unverhüllten Sorge seines Liebsten – im nächsten Moment schrillten in ihm sämtliche Alarmglocken.

Vorsichtig sagte er: »Ich kann wirklich schnell allein gehen, gar kein Problem, und du machst mit dem weiter ...« Er deutete auf das Handy in der Hosentasche. »... was du gerade getan hast.« Natürlich wäre es ihm lieber, nicht allein nach draußen zu müssen, aber er würde sich nur auf den Hauptstraßen aufhalten, die um diese Zeit regelrecht überfüllt waren. Sicher würde es kein Gargoyle wagen, ihn vor den Augen zahlreicher Menschen zu entführen.

»Warum kann ich nicht mitkommen?« Runes Brauen schoben sich so weit zusammen, dass sich zwei tiefe Falten dazwischen bildeten.

»Äh ...« Mist, hätte er doch bloß aufgeräumt! In seiner kleinen Wohnung sah es aus, als ob eine Bombe eingeschlagen hätte. Percy legte sehr viel Wert darauf, nach außen hin immer ordentlich und gepflegt aufzutreten, doch in seinem Heim, genau wie im Büro des Labors, hatte er ein spezielles, komplexes und doch genial einfaches System, das leider sehr viel Platz beanspruchte.

»Keine Geheimnisse mehr«, knurrte Rune sanft. »Du hast doch nicht etwa einen Mitbewohner, von dem ich nichts erfahren soll? Einen wollüstigen Pan oder einen nymphomanen Satyr?«

Schief grinsend gestand Percy: »Bei mir zu Hause geht es etwas … äh … chaotisch zu. Du sollst keinen falschen Eindruck von mir bekommen.«

Rune schnaubte amüsiert. »Denkst du, das schockiert mich? Du hättest mal in mein Detektivbüro kommen sollen. Wahrscheinlich haben sich wegen des ganzen Durcheinanders immer weniger Klienten zu mir getraut. Akten haben sich überall gestapelt, teilweise bis zur Decke. Aber hey, trotzdem hatte ich den vollen Durchblick und war echt gut in meinem Job.«

»Das hab ich auch schon gehört.« Percy schwebte schon wieder wie auf Wolken. Wenn das mit dem Kerl weiterhin so gut lief, musste er sich bald Blei an die Füße binden.

Rune schmunzelte. »Warum grinst du?«

»Du glaubst ja nicht, wie erleichtert ich jetzt bin. Außerdem freue ich mich, immer mehr Gemeinsamkeiten zwischen uns zu entdecken. Du magst Sex, Action-Thriller, bist gut in deinem Job und genauso ein Chaot wie ich.« Kurz biss er sich auf die Lippe. »Weil wir gerade beim Aufdecken sämtlicher Geheimnisse sind … Ich habe mein Büro im Labor deinetwegen aufgeräumt. Vorher gab es kein Durchkommen.«

Lachend zog Rune ihn in die Arme. »Du bist wirklich ein Nerd. Ich weiß, dass ein gepflegtes Chaos nichts Negatives ist.«

Nun lachte auch Percy und fühlte sich gleich noch besser. »Ich nenne es *systematisches* Chaos.«

»Wir liegen echt voll auf derselben Wellenlänge. Darum: keine Panik.« Rune küsste ihn schnell und ließ ihn los. Danach schnappte er sich seine Autoschlüssel, die er aus der Jeans zog, welche er in der Nacht zuvor getragen hatte und immer noch auf dem Wohnzimmerboden lagen. »Wie weit ist es bis zu dir? Soll ich dich fahren?«

»Das wäre fantastisch.« Percys Toyota stand noch in der Nähe des Kinos, doch die Gedanken an sein Auto verblassten, als er sich dabei ertappte, wie er diesen perfekten Mann anhimmelte.

War Rune wirklich echt?

***

Percys winzige Ein-Zimmer-Bude lag nur eine Viertelstunde von Runes Wohnung und wenige Fahrminuten vom DPI entfernt. Da er ohnehin die meiste Zeit im Labor verbrachte, hatte er sich nie eine größere Unterkunft gesucht. Sicher würde niemand das Heim eines Inkubus in einer idyllischen Reihenhaussiedlung vermuten, in der jedes Häuschen fast dem anderen glich mit den roten Ziegelsteinen, spitzen Dächern, schnuckligen kleinen Vorgärten und weißen Zäunen. Er lebte dort im Dachgeschoss bei einer jungen Frau, die das gesamte Untergeschoss ... besetzte.

»Trish ist ein Gespenst«, erklärte Percy, als er die weiß lackierte Tür eines Hauses aufsperrte, dessen Vorgarten leicht verwildert aussah. »Sie hat hier gewohnt und ist vor knapp fünfzig Jahren auch hier gestorben. Seitdem besetzt ihr Geist das Erdgeschoss. Da sie nirgendwo anders hin kann, weil sie an diesen Ort gebunden ist, vermietet sie das Dachgeschoss – oder besser gesagt: Das DPI übernimmt die Vermietung für sie.«

Rune folgte ihm durch die Tür in einen dunklen Flur. »Damit jemand Behördengänge und anderen notwendigen Kram für sie erledigen kann?«

»Genau. Dafür hilft sie uns ab und zu bei Fällen, in denen wir Verstorbene befragen müssen.«

»Dann ist Trish auch so eine Art Medium?«

Percy nickte, dann deutete er auf eine junge, nebelartige Geisterfrau, die sich ihnen durch die Dunkelheit langsam schwebend näherte. Sie trug eine Blümchenbluse, eine Schlaghose und Clogs. Ihr langes dunkles Haar hatte sie zu zwei Zöpfen geflochten, die ihr über je eine Schulter fielen. Als Mensch musste ihr wohl jeder Mann zu Füßen gelegen haben. Leider hatte sie einer davon in ihrem Haus ermordet.

»Hallo Percy«, wisperte sie mit zarter Stimme. »Ich habe dich ein paar Tage lang nicht gesehen.«

Er gab ihr ein Küsschen auf die durchscheinende Wange und spürte einen kühlen Hauch an seinen Lippen. »Hi, Süße. Ich hab wie immer viel zu tun. Kann ich dir bei irgendwas helfen?« Er müsste sich mal wieder um den Garten kümmern. Langsam glich er einem Dschungel.

Kopfschüttelnd schwebte sie zu Rune und um ihn herum, um ihn ausgiebig zu mustern. »Wen hast du mitgebracht?«

»Ich bin ein Freund und Kollege von Percy«, stellte er sich ihr selbst vor und hielt ihr die Hand hin. »Rune McNamara.«

Ein breites Lächeln stahl sich auf ihre sinnlichen Lippen. »Sehr erfreut.« Trish kitzelte seine Handfläche mit ihren Fingerspitzen und zog sie grinsend zurück. Percy wusste, dass Rune nur ein Kribbeln gespürt hatte.

Er gefiel Trish wohl. Aber genau wie Percy, bevor das Schicksal ihn mit Rune zusammengeführt hatte, war auch sie zur Einsamkeit verdammt. Bloß hatte es sie als Gespenst noch viel schlimmer getroffen. Sie konnte keinen richtig küssen, keinen umarmen, sich an niemanden kuscheln –

weil sie durch alles und jeden hindurch glitt. Nur die Mauern des Hauses bildeten für Trish eine unüberwindbare Barriere.

Sie zwinkerte ihnen zu und schwebte einen Meter zurück. »Dann wünsche ich euch viel Spaß, Jungs, was auch immer ihr vorhabt.«

»Ich muss nur ein paar Sachen holen«, erklärte Percy und erklomm die schmale Holztreppe, die nach oben führte. »Sind gleich wieder weg.«

»Vielleicht können wir uns ein andermal länger unterhalten«, rief sie ihm mit ihrem zarten Geisterstimmchen hinterher. »Ich will alles über Rune wissen! Aber Maude kommt gleich zu Besuch und ich platze schon vor Neugier. Sie will mir heute erzählen, ob es Mr. Wilkens immer noch mit der Witwe aus Nummer sieben treibt. Maude wollte seiner Frau einen dezenten Hinweis geben …«

Percy, der vor Rune die schmalen Stufen nach oben stieg, drehte sich auf halbem Weg um und flüsterte ihm gespielt ernst zu: »Keine Sorge, ich werde ihr nichts Wichtiges über dich verraten.«

Rune wackelte mit den Brauen. »Sie steht auf mich.«

»Offenbar.« Schmunzelnd gab ihm Percy einen Kuss und ging weiter.

»Wer ist Maude?«, fragte Rune, als sie im Obergeschoss in einem winzigen Flur herauskamen, in dem es nur zwei Türen gab. Eine davon führte zum Dachboden, die andere in sein Zimmer.

»Ein Poltergeist und ihre beste Freundin. Maude treibt in der gesamten Straße ihr Unwesen und spioniert die Nachbarn aus. Sie erzählt Trish jede Nacht den neusten Klatsch.«

»Dann ist sie wenigstens nicht so allein.«

»Hm«, brummte Percy. Er hatte schon viele Tage und

Nächte mit Trish zusammen verbracht, um über alles Mögliche zu reden. Schließlich musste sie nie schlafen und ihm fielen höchstens mal die Augen zu, wenn er sich längere Zeit nicht genährt hatte. Er besaß nur ein schmales Bett, das er selten nutzte. Es stand unter dem einzigen Dachfenster, damit er in den Himmel sehen konnte, wenn er seinen Gedanken nachhing, doch aktuell lagerte darauf seine immense DVD-Sammlung.

»Voilà«, sagte er schief grinsend, als Rune hinter ihm den kleinen Raum betrat. »Ich hatte dich gewarnt.« Auf den alten Holzdielen verteilten sich mehrere Kleiderständer, die überwiegend mit schwarzen Klamotten bestückt waren. Ein paar gebrauchte Sachen lagen wild verstreut auf dem Boden herum. Hastig sammelte Percy sie auf, warf sie aufs Bett und versteckte damit wenigstens die DVDs.

Star Wars Poster zierten die leicht schrägen Wände, und in diversen Regalen lagerte weiterer Nerd-Kram wie Zauberwürfel in allen Variationen, Minecraft Legomännchen, Wackelkopffiguren und alle möglichen Spielekonsolen, die im Laufe der Jahrzehnte auf dem Markt erschienen waren. Da Percy keine gewöhnliche Nahrung zu sich nehmen musste, besaß er auch keine Küche, bloß einen Kühlschrank. Dort verwahrte er Getränke und ein wenig eingepacktes Knabberzeug, falls doch einmal Besuch vorbeikam.

»Ja, das nenne ich tatsächlich ein systematisches Chaos, du Vollblut-Geek.« Rune hatte Mühe, Percy zum Bett zu folgen, und blieb daher mitten im Zimmer neben dem riesigen Schreibtisch stehen. Darauf befanden sich vier Rechner, sechs Monitore, drei Tastaturen, mehrere Tablets sowie ein Laptop. Dahinter, an der leicht schrägen Wand, hing ein riesiges Schwarz-Weiß-Plakat von »Frankenstein«. Percy hatte es sich gekauft, als er 1931 den Film im Kino gesehen hatte.

Leise pfiff Rune beim Anblick all der Computer durch die Zähne. »Sag mal, hackst du dich ins Pentagon oder wozu brauchst du die ganzen Teile?«

Ob Percy ihm diese Frage wirklich beantworten sollte? »Ich arbeite auch mal von zu Hause aus. Oder wenn es einen Notfall gibt und ich nicht im DPI bin, habe ich auch von hier aus auf alles Zugriff.« Er zog eine breite, aber flache Kiste unter dem Bett hervor. Sie besaß einen doppelten Boden, hinter dem er die Kristalle verwahrte.

Rune hob eine Braue. »Was ist *alles*?«

»Verkehrs- und andere Überwachungskameras, Satelliten …«

»… und das Pentagon?«

Schief grinsend zuckte er mit den Schultern. »Pentagon, Homeland Security, Nachrichtendienste … Ab und zu müssen wir doch mal einen Blick auf die Menschen riskieren, um herauszufinden, was die so treiben, oder?«

Schmunzelnd schüttelte Rune den Kopf. »Weiß Mitchell davon?«

»Das darf ich dir nicht sagen.« Hektisch schloss er die Kiste auf, öffnete das Geheimfach und holte vier hühnereigroße violette Kristalle heraus.

»Du hast also grünes Licht von ihm bekommen.«

Percy musste wohl schockiert aussehen, denn Rune setzte sofort hinzu: »Keine Sorge, meine Lippen sind versiegelt.«

Kapitel 11

Zurück in Runes Wohnung, holte Percy sofort einen Kristall aus seiner Umhängetasche – in der sich auch noch Ersatzkleidung und Hygieneartikel befanden. Sein treuer Inkubus würde die ganze Nacht und diesmal auch den ganzen Tag bei ihm bleiben. Bei dem letzten Gedanken breitete sich allerdings Übelkeit in Runes Magen aus. Nicht wegen Percy, Himmel nein, er freute sich riesig, ihn bei sich zu haben! Sondern wegen Zamur. Würde er wiederkommen? Konnte Rune vielleicht auch lernen, den Steinschlaf etwas herauszuzögern, um seinen Liebsten zu schützen? Oder war es möglich, sein Heim gargoylesicher zu machen?

Rune überlegte hin und her, während er Percy durch die Wohnung folgte, auf der Suche nach dem besten Platz für die Kristalle. Da erst wurde ihm bewusst, wie geräumig sein Apartment war. Hier gäbe es genug Platz für Percy und seinen gesamten Nerdkram. In einer Ecke des großen Wohnraumes könnte er den Tisch mit den zahlreichen Computern aufstellen, und für alles andere musste Rune nur ein paar Schränke kaufen. Percy müsste nicht länger in dem beengten Raum unter dem Dach leben, sie könnten zusammen in die Arbeit fahren, sich gemeinsam durch seine DVD-Sammlung gucken, zu zweit duschen, ja, er würde sogar Percys Freunde einladen, die Wolfswandlerin und ihren Vampir. Sie könnten eine Umzugsparty organisieren. Rune hatte noch nie eine Party gegeben …

Eins nach dem anderen!, schalt er sich. Vielleicht wollte sein Inkubus ja gar nicht zu ihm ziehen?

Interessiert schaute Rune ihm zu, wie er einen zweiten Kristall in eine andere Ecke des Apartments legte; zwei weitere platzierte er auf der nachtschwarzen Terrasse, sodass nun die Zone innerhalb des gebildeten »Vierecks« Schutz vor den meisten Dämonen bot. Da Rune wusste, was sein schlauer Inkubus auf dem Kasten hatte, fühlte er sich sofort sicherer. Dennoch fragte er: »Also … du sprichst ja nicht auf dieses Kraftfeld an. Welche Dämonenarten denn schon?«

»Das habe ich noch nicht gänzlich herausgefunden.« Percy kratzte sich ein wenig verlegen an der Nase und schaute sich auf der dunklen Terrasse um. »Vermutlich hat die Wirksamkeit aber etwas damit zu tun, wo ein Dämon lebt. Sämtliche Unterweltler können das Kraftfeld auf jeden Fall nicht durchdringen.«

»Ich danke dir.« Rune zog Percy in seine Arme, um ihm einen intensiven Kuss zu schenken. Er wusste nicht, wie er sonst seine Dankbarkeit ausdrücken konnte. Percy hatte ihm gerade ganz viel von seiner Angst genommen, die er immer verspürte, bevor er in den Steinschlaf glitt. Wenn sich seine Zellen veränderten und ihn für den gesamten Tag in seinem Körper gefangen hielten, wusste er nie, ob er je wieder aufwachen würde.

Wenn er Percy doch bloß genauso gut behüten könnte!

Du kannst …, hörte er seinen Löwen sagen. Doch wie würde sein Liebster den Vorschlag aufnehmen?

Als sich ihre Lippen lösten, raunte Rune, obwohl es ihn Überwindung kostete: »Falls du wirklich mit meinem Vater reden willst, muss ich dich diesmal besser schützen.« Tief atmete er durch. Wenn er das tat, gab es kein Zurück mehr.

»Wie?«, fragte Percy leise und schaute ihn aus großen Augen an.

»Jeder soll wissen, dass du zu mir gehörst. Deshalb will ich dich zu meinem Gefährten machen … durch einen Biss.

Falls du einverstanden bist.« Oh Gott, das hatte sich viel zu sachlich angehört! Doch er war eben kein Freund von süßen Worten oder ausschweifenden Umschreibungen. »Die Gargoyles werden mich an dir wittern können und dich in Ruhe lassen.«

Percy blickte ihn nachdenklich an. »Machst du das nur, um dich bei mir für die Kristalle zu revanchieren?«

Fuck, seine Worte waren wirklich völlig falsch rübergekommen. »Nein!«, rief er schockiert und fasste Percy sanft an den Schultern. »Ich schlage dir das vor, weil mir noch nie jemand so viel bedeutet hat wie du. Ich würde mit dem Biss niemals leichtfertig umgehen, auch wenn ich schon mehrmals versucht war, dich zu markieren. Allein deine Anwesenheit macht mich immer so unglaublich geil.«

Einer von Percys Mundwinkeln zuckte, er erwiderte jedoch nichts.

Okay, wenn der Kerl noch mehr hören wollte ... Rune hatte noch etwas auf Lager, auch wenn es ihm bei jedem Wort noch heißer wurde und seine Wangen sicher schon vor Hitze leuchteten. »Ich will dich nicht nur wegen deiner Sicherheit zu meinem Gefährten machen, sondern weil ich dich liebe! Ich bin mir absolut sicher, in dir den Partner fürs Leben gefunden zu haben. Aber wenn es für dich noch zu früh ist, dann ...«

»Ist es nicht.« Percy schlang die Arme um seinen Nacken und küsste ihn stürmisch auf den Mund.

Hieß das nun ... Er wollte? Rune war völlig verwirrt, und dass Percy seinen heißen Körper permanent an seinen schmiegte und ihn schon wieder hart werden ließ, machte das Denken noch schwerer.

Atemlos brach Percy den Kuss ab und raunte schmunzelnd: »Siehst du, es ist doch gar nicht so schwer, seine Gefühle auszudrücken.« Plötzlich grinste er so frech, dass sich Runes Magen anfühlte, als hätte jemand Brausepulver reingeschüttet. »Und ja, ich will dein Gefährte werden, mein großer, starker Löwe, weil ich genauso für dich empfinde!«

Rune schluckte hart. Percy hatte Ja gesagt?

Er hatte Ja gesagt!

Ein gewaltiges Beben lief durch seinen Körper und die nachtschwarze Umgebung drehte sich vor seinen Augen. Vor Freude wäre er am liebsten in die Luft gesprungen, stattdessen hob er Percy am Hintern hoch und grollte lächelnd: »War das eben eine List, du verführerischer Dämon? Damit ich dir meine wahren Gefühle gestehe?«

Tief blickte ihm Percy in die Augen. »Ich bezeichne es lediglich als Starthilfe.«

Rune wirbelte mit ihm herum und lief auf direktem Weg mit ihm ins Schlafzimmer, um ihn auf das Bett zu werfen. Endlose Sekunden lang starrten sie sich einfach nur an – Percy auf dem Bett, Rune davor –, als ob sie beide wüssten, dass es nun ernst wurde, aber keiner sich trauen würde, den ersten Schritt zu machen.

Schließlich schlüpfte Rune aus seinem T-Shirt und zog sich langsam aus, während sich Percy mit den Ellbogen abstützte, um ihn besser betrachten zu können.

Rune genoss die lechzenden Blicke, die ihm sein Süßer permanent zuwarf, und registrierte erfreut die immer größer werdende Beule in Percys Hose.

Oha! Deutlicher konnte sein sexy Inkubus sein Interesse ja wohl nicht ausdrücken. Das Spiel fing an, Rune Spaß zu machen. Ganz gemütlich öffnete er die Jeans und wandte Percy im allerletzten Moment den Rücken zu, bevor er sie auszog. Die Shorts ließ er noch an; er spannte aber die Muskeln an, um seinen Arsch ein wenig zu betonen.

Hinter ihm auf dem Bett raschelte es, und als sich Rune, nur noch mit seiner Unterhose bekleidet, wieder umdrehte, lag Percy splitternackt ausgestreckt auf der Matratze. Dessen wunderschöne Gestalt schimmerte im sanften Schein, den die Lichter der Stadt durch das Fenster warfen. Percys Geschlecht war genauso hart wie seines, weshalb Rune sofort aus den Shorts schlüpfte und sich auf seinen Liebsten schob.

Lange küssten und streichelten sie sich, wobei sie ihre erhitzten Leiber aneinander rieben. Rune konnte kaum der Versuchung widerstehen, zwischen Percys Pobacken zu tauchen. Doch irgendwie kam ihm das heute nicht richtig vor. Er würde diesen sexy Inkubus nun zu seinem Gefährten machen – deshalb sollte diese Nacht für sie beide etwas Besonderes werden. Rune hatte noch nie jemanden als den Seinen markiert, genauso wenig, wie er … Sollte er tatsächlich?

Sein Herz raste, als er allen Mut zusammensuchte, um Percy zwischen ihren Küssen zu fragen: »Willst du mit mir schlafen?«

Große blaue Augen starrten ihn überrascht an. »Ich … mit dir?« Percy lächelte scheu. »Wirklich?«

»Wirklich«, wiederholte Rune mit rauer Stimme. »Aber …« Hitze flutete sein Gesicht. »Ich bin in dieser Beziehung noch gänzlich unerfahren.«

Percy blickte auf in Runes angespanntes Gesicht und glaubte, vor Zuneigung zu diesem ganz besonderen Mann gleich zu platzen. Bei seinen One-Night-Häppchen war es ihm immer egal gewesen, der aktive oder passive Part zu sein. Schließlich bezog er die so dringend benötigte Lebensenergie aus dem Höhepunkt seiner Bettgefährten und außerdem fand er beide Varianten lustvoll. Doch dass Rune ihn fragte, verschlug ihm erst einmal die Sprache. Konnte Rune ihm einen schöneren Liebesbeweis machen? Es gehörte viel Vertrauen dazu, sich einem anderen hinzugeben, gerade bei dieser Spielart.

Weil Rune ein wenig hilflos auf ihn herabblickte, strich ihm Percy eine dicke Haarsträhne hinters Ohr und raunte: »Lass mich nur machen.« Danach drückte er sanft gegen dessen breite Schultern, sodass sich Rune von ihm herunterrollte und neben ihm auf dem Rücken liegen blieb. Genau so wollte Percy ihn haben.

Sein starker Löwe wirkte ziemlich unsicher und auch ein wenig furchtsam. Bestimmt hatte er Angst vor Schmerzen, Angst, zu verkrampfen oder davor, dass es ihm nicht gefallen könnte. Deshalb musste Percy zuerst für Entspannung sorgen.

Er setzte sich auf Runes Oberschenkel, um die Hände erst zärtlich, dann mit mehr Druck über seinen Körper wandern zu lassen. Unter Percys kundigen Fingern wurden Runes Muskeln lockerer, und er schien die sinnliche Massage sehr zu genießen. Schlussendlich schloss er die Augen, wobei sich seine Atmung jedoch weiter beschleunigte.

Als Nächstes setzte Percy die Zunge ein, um sie um Runes Nippel kreisen zu lassen und tiefer hinab, zwischen den Brustmuskeln hindurch. Er küsste sich am Bauch entlang, und als Runes hartes, tropfendes Geschlecht heftig zuckte, legte Percy einfach die Lippen darum.

Knurrend vor Lust krallte Rune die Finger ins Bettlaken. Er warf den Kopf leicht hin und her, als Percy an ihm saugte und lutschte. Auf der Zunge spürte Percy feinste Energiewellen, die langsam stärker wurden, und schmeckte salzigherbe Lusttropfen.

Oh nein, noch würde er seinem starken Löwen keinen Höhepunkt gewähren! Deshalb züngelte er tiefer, leckte über die prallen Hoden und stieg schließlich von ihm herunter, damit er Runes Schenkel auseinanderziehen konnte.

Ein Beben ging durch dessen Körper, und er schielte mit einem geöffneten Auge zwischen seine Beine, wahrscheinlich um zu sehen, was Percy nun vorhatte.

Beruhigend strich er ihm über die Oberschenkel, bis sich Rune wieder entspannte, und hob sie an den Knien an. Percy war stark, wahrscheinlich sogar gerade stärker als Rune, weil immer noch dessen frische Energie durch ihn floss. Darum strengte es ihn nicht an, als Rune schwachen Widerstand leistete, weil er sich schamhaft sträubte. Mit sanftem Nachdruck hielt Percy dessen Oberschenkel fest, sodass er genüsslich die Zunge zwischen die muskulösen Pobacken schieben konnte. Was für ein Anblick!

Rune stöhnte lauter, während Percy den zuckenden Eingang neckte und seinen Speichel darauf verteilte. Als Inkubus konnte er auf Gleitgel verzichten, egal ob jemand mit ihm schlief oder er mit seinen »Opfern«. Sein Körper verfügte über spezielle Drüsen, die während des Liebesspieles ein Sekret bildeten, das sogar viel besser schmierte als Gleitgel. Rune war bereits durch den Speichel völlig glitschig und sein Ringmuskel schien sich gelockert zu haben. Percy konnte mit der Zunge weiter vordringen, wobei er Rune noch mehr stöhnende Laute entlockte.

Obwohl Percy bereits unzählige Male auf diese Art mit einem Mann geschlafen hatte, pochte sein Herz nun wie verrückt. Denn das hier war nicht einfach bloß irgendeine Eroberung für eine Nacht. Das hier war sein sexy Löwenwandler, den er über alles liebte.

Percy legte sich Runes Beine auf die Schultern und hatte

nun beide Hände frei. Mit der einen massierte er wieder Runes steinhartes Geschlecht, mit der anderen spielte er noch ein wenig an der zuckenden Öffnung. Anschließend drückte Percy seine Eichel dagegen. Sie war längst feucht von seinen Lusttropfen, die für noch mehr Schmiere sorgten. Er musste kaum Druck anwenden, sondern wurde regelrecht von Rune eingesaugt, als würde er es gar nicht mehr erwarten können.

Das war das Paradies!

»Immer mit der Ruhe«, sagte Percy schmunzelnd und massierte Runes Schwanz härter, je tiefer er in ihn eindrang. »Geht es für dich?«

»Ja«, raunte Rune. »Fühlt sich nur ungewohnt an.«

Für Percy hatte sich nie etwas besser angefühlt. Von seinem Liebsten fest umschlossen zu werden und ihn dabei unter sich liegen zu haben, stöhnend, schwitzend und völlig losgelöst, war der schönste Anblick auf Erden. Dieser große, starke Wandler begab sich völlig in seine Hände. Vertraute ihm. Liebte ihn …

Behutsam drang Percy noch ein Stück tiefer, bis er völlig in ihm steckte. Dann musste er schwer atmend innehalten, denn dieses irregute Gefühl brachte ihn beinahe um den Verstand. Rune war unglaublich eng! Außerdem zuckte der Muskel ständig um ihn herum, öffnete sich, zog sich wieder hart zusammen – was ihm fast die letzte Beherrschung raubte.

Erst als er sich ein wenig abgekühlt hatte, begann er, sich sanft zu bewegen, um Runes Lustpunkt zu massieren.

Sein großer Löwe bäumte sich unter ihm auf. »Komm her!« Er griff in Percys Nacken, um ihn zu einem heißen Kuss heranzuziehen. Während sie züngelten, bewegte sich Percy schneller in ihm und massierte immer noch mit einer

Hand Runes steinharte Erektion. Erneut spürte Percy die sanften Energieimpulse, die immer weiter zunahmen.

Als Rune ihn fragend anblickte und ihm dabei seine verlängerten Fänge präsentierte, flüsterte Percy: »Ich will.« Er drehte den Kopf, um Rune seinen ungeschützten Hals zu präsentieren – und keine Sekunde später fühlte er den Biss.

Behutsam drangen nur die Spitzen der Fänge in seine Haut, und dieser zarte Schmerz, gemischt mit Runes erregendem Saugen, sorgten dafür, dass Percy sofort zum Höhepunkt kam. Er verströmte sich tatsächlich in seinen Liebsten! Sein Inkubus-Samen, der spezielle Lust-Hormone enthielt, würde bei Rune für noch sehr viel intensivere Gefühle sorgen. Percys Hand verkrampfte sich kurz um Runes Schaft, doch gleich massierte er weiter. Fester. Langsamer.

Das knurrende Stöhnen seines Liebsten vibrierte an Percys Hals, als er ebenfalls zum Gipfel fand. Er keuchte und riss auch die Lider auf, bevor er die Augen verdrehte und sie sofort wieder schloss. Die Inkubus-Hormone wirkten bereits wie eine Droge, die den normalen Menschen den Verlust ihrer Energie erträglicher machte und sie die Erschöpfung nicht so stark merken ließ.

»Was … ist das?« Runes Höhepunkt wollte offenbar nicht enden, denn dessen Erektion zuckte heftig in seiner Hand, und das Sperma verteilte sich auf ihnen. In Percys Kopf wirbelten Lust, Energie und Liebe wild durcheinander und vermischten sich zu einem gigantischen Gefühls-Cocktail, während Rune losgelöst stöhnte.

»Das ist … Wahnsinn!«

»Ich liebe dich so sehr«, raunte Percy und drückte den Hals fester an Runes saugenden Mund. Der leckte zärtlich über die kleinen Wunden – und während sich Percys Haut innerhalb von Sekunden regenerierte, schlossen seine Zellen Runes Speichel ein. Er war nun für immer in ihm.

Überglücklich zog sich Percy aus ihm heraus, blieb aber auf Runes breiter Brust liegen. Es war ihm egal, dass zwischen ihnen alles klebte, denn er wollte gerade nirgendwo anders sein. Er schwelgte in der Nähe zu seinem Liebsten, hörte dessen Herz schlagen und genoss die streichelnden Hände an seinem Rücken.

Rune konnte kaum begreifen, dass er Percy zu seinem Gefährten gemacht und sich ihm tatsächlich völlig hingegeben hatte. Doch es war erstaunlich befreiend gewesen, auf die Kontrolle zu verzichten und sich dafür einmal nach allen Regeln der Kunst verwöhnen zu lassen.

Fest legte Rune die Arme um seinen zärtlichen, rücksichtsvollen Dämon. »Es war gigantisch, dich in mir zu spüren.«

»Es ist gigantisch, jetzt dein Gefährte zu sein«, wisperte Percy lächelnd und hob den Kopf, um ihn zu küssen.

Zärtlich schmusten sie miteinander und konnten nicht den Blick vom anderen nehmen. Percy war nun der Seine!

»Es war so verdammt intensiv«, gestand Rune. »Liegt das daran, dass du ein Inkubus bist?«

Als Percy nickte, grinste Rune und sagte: »Dann sollten wir diese Stellung von jetzt an öfter ausprobieren.«

»Dagegen habe ich nichts einzuwenden.« Mit einem glücklichen Seufzer bettete Percy seinen Kopf auf Runes Schulter, und sie dösten ein bisschen, bis sie beschlossen, ihre Kuscheleinheiten unter einer heißen Dusche fortzusetzen. Danach schauten sie sich im Bett auf seinem Laptop einen Actionfilm an und liebten sich kurz vor dem Morgengrauen noch einmal.

Dann machte Rune etwas, das er seit seiner Kindheit

nicht mehr getan hatte: Er blieb neben Percy im Bett liegen und ging nicht nach draußen, um sich in einen Löwen zu verwandeln.

»Diesmal werde ich wirklich bei dir sein, wenn du erwachst«, versprach Percy und deckte ihn bis zur Hüfte zu.

»Wenn Zamur nicht wieder auftaucht.«

»Ich bin jetzt Dein. Er wird es nicht wagen, mich anzurühren.«

»Ja, das wird er nicht«, sagte Rune, doch sein Lächeln zitterte. Sicher war er sich nicht. Aber er würde jeden töten, der sich an seinem Liebsten vergriff.

Kapitel 12

»Wenn dir was passiert, bringe ich dich um«, knurrte Rune, während er mit Percy durch die finstersten Gassen von New York schlich. »Mir gefällt die Sache ganz und gar nicht.«

Für ihre Mission hatten sie sich das übelste Viertel von Hell's Kitchen auserkoren. Hier, hinter dem riesigen Gebäude einer ehemaligen Feuerwache, waren in den letzten Monaten mehrere Leichen gefunden worden, ausgesaugt von Dämonen.

Percys Gesicht wirkte angespannt und seine Stimme schien ein wenig zu zittern, als er fragte: »Hast du plötzlich eine bessere Idee?«

Hatte er nicht.

Percy hielt sich immer dicht an seiner Seite, berührte hin und wieder seine Hand und sah sich ständig um. »Witterst du schon was?«

»Nur Müll und Urin«, murmelte Rune. »Nicht mal Ratten trauen sich nachts an diesen abgefuckten Ort.«

»Dann sind wir hier richtig.«

Ja, um von Höllenkreaturen verschlungen zu werden, war das wirklich der beste Platz. Rune musste lebensmüde sein, sich hier aufzuhalten, aber auf eine andere Lösung waren sie beide nicht gekommen. Immerhin fühlte er sich vor einem Dämonenangriff ein bisschen geschützt, weil Percy ihnen aus magischen Kristallen zwei Anhänger gebastelt hatte, die sie an einer Kette um den Hals trugen. Außerdem versteckten sie alle möglichen geweihten Klingen und anderen magischen Kram an ihrem Körper, um wirklich auf jede Situation vorbereitet zu sein. Sogar eine hauchdünne Schicht Asche aus Eberesche lag über ihrer Kleidung.

Percy war auf die Idee gekommen, sie damit zu bestäuben. Und wenn es zum Äußersten kam, würde Rune seinen Löwen freilassen. Sollte es auch nur ein Dämon wagen, sich Percy zu nähern, würde er die Höllenkreatur zum Teufel schicken! Genauso würde er mit jedem Gargoyle verfahren, der Hand an seinen Süßen legte.

Zwei Tage lang hatten sie darüber gebrütet und alle Möglichkeiten durchgespielt, wie sie Zamur kontaktieren konnten und was sie tun würden, wenn sie nicht auf einen Gargoyle trafen, sondern stattdessen von Höllenwesen angegriffen wurden. Rune erinnerte sich noch gut an das Gespräch in Percys Labor …

Sein schlauer Inkubus holte ein Reagenzglas aus einem Gerät, das die darin befindlichen Flüssigkeiten gemischt hatte, und stellte es in eine Halterung. Während er mit der Pipette einen Tropfen aus dem Glas zog, um ihn auf einen Objektträger zu geben, sagte er: »Deine Mutter hat doch damals, nachdem du versteinert warst, deinen Vater angerufen. Hast du zufällig die Nummer?«

»Soweit ich weiß, hatte sie nur die Telefonnummer eines Kontaktmannes, aber die kenne ich nicht.« Rune, der auf einem Drehstuhl saß, rollte auf die andere Seite des Raumes und wieder zurück. Das machte er schon seit mehreren Minuten und wunderte sich, dass sich Percy dadurch nicht gestört fühlte. Während Rune vor Nervosität beinahe platzte, schien sein Liebster die Ruhe selbst zu sein und sich sogar auf seine Arbeit konzentrieren zu können.

Percy warf ihm einen kurzen Blick über die Schulter zu, bevor er sich wieder seinem Mikroskop widmete. »Also haben die Gargoyles so eine Art Vermittlung.«

»Vermutlich. Wahrscheinlich nicht nur vor über einem

halben Jahrhundert, sondern auch heute noch. Oder hast du schon mal eins dieser Wesen mit Handy gesehen?«

Nun drehte sich Percy in seinem Stuhl um und verschränkte stirnrunzelnd die Arme vor der Brust. »So vielen Gargoyles bin ich noch nicht begegnet.«

Fluchend stand Rune auf. Percys einzige Begegnung mit einem waschechten Gargoyle war Zamur gewesen. »Tut mir leid«, murmelte er, »ich ...«

»Pst.« Percy starrte ins Leere und wirkte sehr konzentriert. »Ich glaube, ich weiß eine Möglichkeit, wie wir zumindest an irgendeinen aus dem Klan herankommen.«

Rune stellte sich dicht zu ihm. »Erzähl.«

»In der Nacht, als wir von den Whisperern angegriffen wurden, hat Nick bei der Nachbesprechung erwähnt, dass ihnen möglicherweise Gargoyles bei der Bekämpfung geholfen haben.« Intensiv schaute er Rune an. »Dort waren wirklich welche, oder?«

Rune nickte. »Aber mein Vater war nicht darunter.«

»Wie ich gelesen habe, gibt es Gargoyles, die bestimmte Menschen beschützen, und solche, die nachts durch die Gegend streifen und allgemein die Augen offenhalten, falls jemand Hilfe benötigt. Denkst du, da ist was Wahres dran?«

Rune nickte erneut. »Ich denke schon.«

»Falls du also da draußen wieder Gargoyles witterst, sprechen wir sie einfach auf die Hexenmorde an. Hexen sind Menschen und Gargoyles beschützen Menschen. Da wir in den Mordfällen nicht weiterkommen, können sie uns vielleicht helfen. Womöglich lösen wir auf diesem Weg den Fall *und* finden deinen Vater.« Percys blaue Augen leuchteten regelrecht.

»Du stellst dir das so einfach vor.« Rune ließ sich wieder auf seinen Stuhl plumpsen. »Ich glaube nicht, dass wir eben mal so einem Gargoyle begegnet, und ich kenne auch keine Menschen, die von ihnen beschützt werden.«

»Was wäre …«, begann Percy vorsichtig, »wenn *wir* uns in Gefahr bringen?«

»Auf gar keinen Fall!« Resolut schüttelte Rune den Kopf. »Wenn das wirklich unsere einzige Idee ist, gehe ich allein da raus.«

»Ich dachte, ich soll dabei sein?« Percy deutete auf seinen Hals. Das Bissmal war natürlich nicht mehr sichtbar, aber jeder Gargoyle konnte nun wittern, dass Rune ihn zu seinem Gefährten gemacht hatte. Alle sollten wissen, dass er nun unter Runes Schutz stand.

Fuck! Er würde es nicht noch einmal durchstehen, Percy beinahe zu verlieren.

»Hör mal«, sagte der sanft. »Wir können ja einfach mal in Madame Cherrys Teeladen vorbeischauen; dort kaufe ich immer meinen Magiebedarf. Madame Cherry hat wirklich alles auf Lager, was wir benötigen, um uns ausreichend zu schützen. Sogar spezielle Waffen, wie diese Klingen, die wir gegen die Whisperer verwendet haben. Uns wird schon nichts passieren, wenn wir uns wirklich auf alle Eventualitäten vorbereiten.«

Rune sagte der Laden nichts, weil er sich bisher kaum mit Magie beschäftigt hatte, außer, sie spielte in einem seiner Fälle eine Rolle. Mit dem ganzen Hokuspokus wollte er nichts am Hut haben. Er war jedoch froh, dass Percy ein breitgefächertes Wissen besaß und sich sämtlicher Mittel bedienen wollte, die ihnen zur Verfügung standen. Darum brummelte er: »Na gut, lass uns in dem Laden mal umschauen.« Danach konnte er sich immer noch gegen diese Idee entscheiden.

Jetzt verfluchte sich Rune allerdings. Er hatte dem irrwitzigen Plan schließlich doch zugestimmt, weil ihm nichts Besseres eingefallen war. Außerdem jubelte ihr Chef Mitchell bei der Idee, Gargoyles mit ins Boot zu holen.

Rune aktivierte alle seine Sinne. Solche finsteren, stinkenden Gegenden hatte er früher, nach Mums Tod, nur betreten, um Dämonen abzuschlachten – doch da hatte er auch keinen Grund gesehen, für etwas oder jemanden weiterzuleben. Diese fiesen Kreaturen liebten Hinterhalte, und die düstere Sackgasse, in die sie gerade einbogen, roch nach Tod.

»Ich würde jetzt lieber Kisten packen«, murmelte Rune, und trotz Angst um Percy erfasste ihn kurz ein Hochgefühl. Sein sexy Partner hatte sofort eingewilligt, bei ihm einzuziehen. Jedem anderen Mann hätte Rune geraten, erst einmal ein paar Wochen die Partnerschaft zu testen. Doch Percy war sein Gefährte, sein Leben, und er wollte keine Sekunde mehr ohne ihn sein – zumindest nicht während seiner Freizeit. Jetzt würde er ihn trotzdem lieber im Labor sehen, dem wohl sichersten Ort für ihn.

Plötzlich fühlte Rune ein Kribbeln im Nacken. Sofort schob er eine Hand in seine Jackentasche, in der sich geweihte Wurfsterne befanden, und blickte Percy alarmiert an.

Der nickte ihm leicht zu, und sie gingen weiter, als hätten sie nichts bemerkt. Würde den Dämonen auffallen, mit welchen Waffen sie ausgestattet waren, würden sie sich vielleicht wieder verkriechen. Dann kämen sie nie an einen Gargoyle heran.

Als Rune vier Stockwerke über sich auf dem Dach eines Abbruchhauses eine Bewegung wahrnahm, hielt er Percy sofort am Arm fest und flüsterte: »Da oben ist was.«

»Ein Dämon?« Percy zog sein Gläschen mit Asche hervor,

hielt es aber mit den Fingern umschlossen, sodass es niemand sehen konnte.

Tief atmete Rune ein, witterte Leder und Stein. Daraufhin entspannte er sich leicht. »Ein Gargoyle.«

Begeistert strahlte Percy ihn an. »Dann sprich mit ihm, bevor er weg ist!«

Rune hatte eine mögliche Begegnung im Geiste unzählige Male durchgespielt und sich passende Worte zurechtgelegt. Er durfte es nicht vermasseln!

Mit fester Stimme rief er in die Dunkelheit: »Ich weiß nicht, ob du mich kennst, Gargoyle, aber wir müssen reden. Es ist sehr wichtig!«

Rune schaute nach oben auf das Dach und erkannte deutlich die Umrisse eines hünenhaften Geschöpfes, das dort hockte und auf sie herabstarrte. Zuerst schien es wie versteinert, doch dann richtete es sich zu seiner vollen Größe auf, breitete die mächtigen Schwingen aus und segelte im Dunkeln nach unten. In mehreren Metern Abstand landete es auf einer Mülltonne, ohne ein Geräusch zu machen. Rune sah weiterhin nur die Silhouette, kein Gesicht, dazu reichte das Restlicht in dieser finsteren Umgebung nicht aus.

Percy stellte sich so dicht zu ihm, dass Rune dessen Herz schlagen hörte. Sein Süßer hatte Angst. Rune hätte ihm nie erlauben dürfen, mitzukommen! Percy ließ sich seine Furcht jedoch nicht anmerken, straffte die Schultern und starrte tapfer in die düstere Gasse.

»Du bist Zamurs Sohn«, drang eine tiefe, kehlige Stimme zu ihnen herüber.

Überrascht, aber auch erleichtert, antwortete Rune: »Du kennst mich?«

Der Gargoyle blieb weiterhin im Schatten verborgen und

sagte: »Viele von uns wissen, dass Zamur nie den Kontakt zu dir abgebrochen hat. Wir tolerieren es, weil er dich im Grunde immer beschützt hat. Auf die Unschuldigen aufzupassen, ist unser höchstes Ziel.« Die letzten Worte hatte er etwas schärfer ausgesprochen, und Rune fühlte fast körperlich, wie der Gargoyle Percy mit düsteren Blicken musterte.

»Er wollte meinen Gefährten umbringen«, knurrte Rune und widerstand dem Drang nur knapp, sich vor Percy zu schieben. »Wie heißt du?«

»Mein Name ist belanglos.«

»Dann richte Zamur aus, Belanglos, dass ich jeden töten werde, der sich an ihm vergreift. Diese Warnung gilt besonders für jeden aus dem Klan.«

Der Gargoyle schnaubte amüsiert, dann nickte er. »Deshalb hast du mich gerufen? Um uns zu warnen?«

»Ja, und weil wir euch eine Zusammenarbeit vorschlagen wollen.«

Kurz herrschte Schweigen, bis Belanglos grollte: »Wir sollen mit dem DPI gemeinsame Sache machen?«

Rune hatte sich schon gedacht, dass ihnen dieser Umstand nicht gefallen würde. Seit vielen Jahrhunderten zogen die Klane ihr eigenes Ding durch. Darum erwiderte er vorsichtig: »Wir müssen ja nicht für immer zusammenarbeiten, vielleicht bloß für die aktuelle Serie von Hexenmorden. Wir kommen nicht weiter, vor allem nicht in Bezug auf diese magischen Steine, was es damit auf sich hat und warum die Dämonen diese wollen. Da ich euch beim Stromwerk auf der Mauer gewittert habe und weiß, dass ihr meinen Kollegen im Kampf gegen die Whisperer beigestanden habt, vermute ich, dass ihr ebenfalls ein Interesse an dem Fall habt.«

»In der Tat«, antwortete der Gargoyle, diesmal weniger

aufgebracht.

»Vielleicht können wir unsere Erkenntnisse teilen und auf diese Weise mehr Leben retten«, schlug Rune vor.

Er sah, wie Belanglos langsam nickte. »Ich werde mich mit dem Klan besprechen und jemand von uns wird sich bei euch melden.«

»Wann?«

»Wenn es so weit ist.«

Klare Ansage … Rune schluckte einen bissigen Kommentar und nickte ebenfalls. Er war ja schon glücklich, dass Zamur seine Mitteilung erhalten würde. Nichts war Rune wichtiger als Percys Schutz.

Der Gargoyle schlug seine Klauen in die poröse Ziegelwand und kletterte daran nach oben. Da rief ihm Rune hinterher: »Warte!« Er hätte noch so viele Fragen an diese Wesen, damit er sich vielleicht selbst besser verstehen konnte, doch es gab nur eine Sache, die wirklich wichtig war: »Zamur hat gesagt, der Klan wird mich töten, wenn herauskommt, was ich bin!«

Auf halbem Weg hielt der Gargoyle inne. Wie ein Äffchen hing er an der Mauer und sagte mit seiner grollenden Stimme: »Niemand von uns will dich töten. Zamur wollte dir nur einen Grund geben, dein und somit auch unser Geheimnis zu wahren. Damit dir nichts geschieht. Schließlich stehst du nicht unter dem Schutz des Klans.« Dann kletterte er weiter, zog sich auf das Dach und war nicht mehr zu sehen.

»Nett«, murmelte Percy, und es war das Erste, was er seit der Begegnung mit dem Gargoyle von sich gab.

Rune platzte fast vor Wut. Er packte Percy an der Hand und zog ihn regelrecht aus der Gasse, zurück zu einer belebten Straße. »Mein liebenswerter Erzeuger hat mich mein

Leben lang glauben lassen, dass er mich tötet, sollte ich auch nur einer Seele erzählen, was ich bin!« Erst jetzt merkte er, wie fest er Percys Hand umklammerte, und lockerte sofort den Griff. Percy hatte nicht ein Mal gezuckt. »Tut mir leid.«

Percy schenkte ihm ein sanftes Lächeln, das ihm sagte: Alles gut. »Dein Vater hat wirklich eine seltsame Art, dir seine Zuneigung zu zeigen. Vielleicht sind Gargoyles von Haus aus wenig emotionale Wesen.«

»Glaube mir, ich kann sehr emotional sein«, grollte Rune.

»Du bist ja auch nur ...«

»... zu siebenunddreißig Prozent Gargoyle«, vervollständigte er schmunzelnd Percys Satz. Etwas weniger aufgebracht setzte er hinzu: »Wenn mir Zamur noch einmal vor die Augen kommt, werde ich ihm trotzdem den Kopf abreißen.«

Während des Gespräches mit dem Gargoyle war zuerst Hoffnung in Rune aufgekeimt, dass es vielleicht eine Zukunft mit seinem Erzeuger geben könnte. Zumindest eine friedliche Koexistenz und ein paar Gespräche. Es hatte Rune berührt, dass Zamur immer versucht hatte, wie ein Schutzengel über ihn zu wachen. Tatsächlich war er noch fieser und hinterhältiger als ein Dämon! Auf solch einen Vater konnte er verzichten.

Kapitel 13

Percy spürte Runes Frustration beinahe körperlich, als sie mit dem Hummer unterwegs zu einem Laden für Magiebedarf waren. Rune krallte die Finger ums Lenkrad und starrte stur nach draußen auf die düstere Straße, wobei sein Unterkiefer mahlte. Zwei Wochen waren seit dem Treffen in der Gasse nun vergangen. Weder Zamur noch ein anderer Gargoyle hatte sich bisher gemeldet, und sie kamen bei den Hexenmorden einfach nicht weiter. All das zermürbte Rune merklich.

Gestern war wieder eine tote Hexe aufgetaucht und erneut hatte Percy einen dieser ovalen Steine in ihrem Bauch vorgefunden. Runes Ermittlungen ergaben gravierende Parallelen zu den älteren Morden. Zum Beispiel besaßen fast alle Opfer einen Shop, genau wie ihr neustes, Cora Torres, zu deren »Kräuterladen« sie nun fuhren. Shiela, ihre Schwester, würde sie dort um zehn Uhr erwarten.

»Gehen wir noch mal alles durch«, beschloss Percy. Wenn sie lange genug überlegten, kamen sie vielleicht doch auf die Lösung, was die Steine mit den Hexen zu tun hatten, wie diese mit den Angriffen zusammenhingen und wie das DPI den nächsten Mord verhindern konnte. Mittlerweile gab es schon fünf vermisste Hexen, und Percy hoffte, dass sie nicht auch dem Mörder zum Opfer gefallen waren. »Die Steine sind irgendwie mit den Hexen verbunden und die Dämonen wollen sowohl den Stein als auch die Opfer. Letztere wahrscheinlich, um ihre Seelen auszusaugen. Eines der ersten Opfer starb durch einen Schlangenbiss, die anderen haben vor ihrem Tod versucht, ihre Angreifer zu bekämpfen ...« Er kniff die Lider zusammen und rieb sich über die Stirn. »Was wollen die Dämonen mit den Steinen? Und warum haben einige Hexen diese vor ihrem Tod geschluckt?«

Sogar einen Magier, der beim Department als freier Mitarbeiter beschäftigt war, hatten sie mit ins Boot geholt. Doch der Mann hatte nichts geleistet, außer arrogant mit seiner langen Nase zu zucken und zu erklären, die Steine, die Überfälle und die verschwundenen Personen hätten wahrscheinlich gar nichts miteinander zu tun und die Hexen wären nur zufällig Dämonenopfer geworden. Percy glaubte ihm nicht eine Sekunde lang.

»Das bringt doch nichts«, knurrte Rune. »Wir drehen uns ständig im Kreis!«

Ihn frustrierte es immens, der Sache hilflos gegenüber zu stehen. Sein starker Löwe besaß nämlich einen ausgeprägten Beschützerinstinkt. Die wenigen Gargoyle-Gene schlugen bei ihm offenbar voll durch, auch wenn er das nicht hören wollte.

»Wir sind gleich da.« Percy deutete auf das Navi, woraufhin Rune von der Hauptstraße in eine wenig befahrene Nebenstraße abbog. Der Shop lag mitten in einer Wohnsiedlung in Harlem, in der sich ein vierstöckiges Backsteingebäude an das andere reihte.

Vor einem dunkelrot gestrichenen Wohnhaus stellte Rune den Jeep ab. In der untersten Etage befand sich der unscheinbare Laden, der nicht einmal ein Schaufenster besaß, bloß normale Fenster, hinter denen weiße Vorhänge hingen, und eine mit schwarzem Holz umrahmte Tür.

Eberesche ..., wusste Percy. Viele bösartige Kreaturen konnten diese natürliche Barriere nicht passieren.

Licht brannte hinter den Scheiben, also schien Shiela bereits im Laden zu sein. Rune und er waren nämlich zehn

Minuten zu früh dran.

»Okay, gehen wir rein«, sagte Rune, als er den Motor abstellte. Dann beugte er sich zu Percy, blickte ihm tief in die Augen und gab ihm einen zärtlichen Kuss. »Wenn ich dich nicht hätte, würde ich durchdrehen.«

Percy wurde es heiß bis in die Zehenspitzen. Sein Liebster sparte normalerweise mit Komplimenten, denn es fiel ihm immer noch schwer, seine Gefühle auszudrücken, weshalb es Percy besonders viel bedeutete, wenn er es doch einmal tat. Rune hatte nie jemanden zum Reden gehabt, keinen, dem er sich anvertrauen konnte. Es freute Percy, dass er sich immer weiter öffnete.

Während der kurzen Zeit, die sie jetzt zusammen lebten, war aus dem raubeinigen, stets grummeligen Ermittler ein humorvoller Mann geworden, der wesentlich mehr lächelte als früher.

Percy legte kurz die Hand auf Runes Brust. »Wir werden den Fall schon noch lösen. Ich spüre so ein seltsames Kribbeln in meinem Bauch und glaube, wir stehen kurz davor.«

»Dieses Kribbeln«, raunte Rune und nahm Percys Hand, um einen Kuss darauf zu hauchen, »kommt sicher nicht von einer Vorahnung, sondern davon.« Er küsste ihn erneut auf den Mund, und tatsächlich nahm das Kitzeln in Percys Magen zu.

Wie sehr er diesen Wandler liebte! Seinen Mann, seinen Gefährten.

»Willst du mich verführen, mein Löwe?«, fragte Percy rau. Immer öfter drehte Rune den Spieß herum und machte ihn schwach. »Lass uns jetzt lieber mit der Schwester reden, bevor wir deinen Wagen nicht mehr verlassen können.«

Rune wackelte übermütig mit den Brauen. »Wir haben noch ein paar Minuten Zeit, und mein Jeep hat hinten verdunkelte Scheiben sowie eine große, weiche Rückbank.«

»Das Angebot klingt verlockend.« Und wie es das tat! »Doch wie heißt es so schön: Erst die Arbeit, dann das Vergnügen.« Schnell stieg Percy aus dem Wagen, bevor er es sich anders überlegte. Mehrmals täglich fielen sie übereinander her. Percy fühlte sich deswegen permanent wie unter Drogen! Er hatte Angst, dass Rune der Energieverlust zu sehr auszehrte. Doch solange Percy nicht nach frischer Lebensenergie hungerte, schien er weniger von Rune abzusaugen, und bisher machte er auch keinen schwachen Eindruck.

Kaum hörte Percy die Fahrertür hinter sich zufallen, spürte er Runes mächtige Gestalt in seinem Rücken. Spielerisch biss Rune ihm in den Nacken, sodass Percy am ganze Körper vor Wonne bebte, und knurrte: »Warte, bis wir zu Hause sind.«

Zu Hause … Das klang verdammt gut.

Percy genoss es, mit seinem Liebsten das Bett zu teilen, gemeinsam mit ihm auf dem neuen Sofa vor dem Fernseher zu lümmeln und im Wohnraum einen schönen, großen Computerarbeitsplatz zu besitzen. Auf der Terrasse hatten sie schon einige Abende verbracht, um draußen zu essen oder einfach nur über die Dächer der Stadt zu blicken und ihren Gedanken nachzuhängen. Percy liebte es, bei Rune zu wohnen!

Trish war wegen seines Auszugs ein bisschen traurig, weshalb er ihr versprochen hatte, so oft vorbeizuschauen, wie er konnte. Sie freute sich aber auch auf seinen Nachfolger. Schließlich waren die unterschiedlichen Mieter des Hauses eine der wenigen Abwechslungen in ihrem Leben. Das DPI hatte das Dachzimmer intern ausgeschrieben, und bestimmt würde sich bald jemand gefunden haben, der mit einem neugierigen, aber liebenswerten Gespenst zusammenwohnen wollte.

Percy schritt an Runes Seite zum Eingang des Geschäftes und betätigte den gusseisernen Türklopfer. Auf einem unscheinbaren Messingschild stand: »Coras Kräuterladen. Geöffnet Dienstag bis Samstag von Mittag bis Mitternacht oder auf Nachfrage.« Darunter klebte ein Stück Papier, auf dem in etwas zittriger Handschrift zu lesen war: »Bis auf Weiteres geschlossen.«

Ihnen öffnete eine kleine, etwa dreißigjährige Frau, die ihre kurzen, violett gefärbten Haare fast genauso gestylt hatte wie Percy. Ihre Lider wirkten leicht geschwollen und gerötet, in der Hand hielt sie ein zerknittertes Taschentuch, das sie eilig in ihre Jeanstasche schob.

»Sie sind bestimmt die Herren vom DPI«, sagte sie. »Ich bin Shiela Torres, die Schwester von Cora.«

Rune nickte. »Mein Name ist Rune McNamara und das ist mein Kollege Percy Simmons.« Er zeigte ihr seinen Dienstausweis, danach traten sie in einen düsteren Flur.

»Bitte hier entlang.« Shiela deutete auf einen Türvorhang aus Hunderten von schwarzen und weißen Perlen, die ein Runensymbol zeigten. Es ähnelte einer Mistgabel oder einem Dreizack. Percy wusste, dass dieses Zeichen für »Schutz« stand.

Nachdem sie hindurchgeschritten waren, befanden sie sich in dem »Kräuterladen«. Hinter einem Tresen gab es tatsächlich eine ganze Wand voller kleiner Holzschubladen, auf denen die Namen diverser Gewürz- und Teesorten standen wie Assam, Ceylon, Honeybush und Lapacho, aber auch die Klassiker wie Salbei, Pfefferminz, Kümmel, Fenchel, Jasmin, Ingwer, Zimt und Vanille.

Getrocknete Pflanzenbündel hingen überall von der Decke und verbreiteten einen aromatischen Duft. In mehreren Regalreihen befanden sich Gläser mit den skurrilsten Dingen darin, wie Froschaugen, Spinnenbeinchen oder sogar Ektoplasma, also Ausscheidungen von Medien oder Geistern.

Percys Entdeckerherz hüpfte vor Entzückung höher. »Dürfen wir uns ein wenig umsehen?«

»Nur zu«, sagte Shiela.

Er schritt durch die Regalreihen, roch an bunten Seifen, testete Klangschalen und bewunderte die große Vielfalt an Edelsteinen. Außerdem führte der Laden Voodoo-Zubehör, Kerzen in allen Formen und Farben, unzählige Talismane, diverse Öle, Salben, Räucherstäbchen, Elixierfläschchen, Phiolen, Pendel, Wünschelruten, Kristallkugeln und Tarotkarten.

Percy bekam große Lust, selbst etwas einzukaufen. Er liebte Hexenläden!

»Hatten Sie wirklich zwölf Stunden am Tag geöffnet?«, fragte er.

Shiela nickte. »Meine Schwester und ich haben uns die Schicht geteilt. Wir haben sehr viel Kundschaft, das Geschäft boomt. Ich werde morgen den Laden auch wiedereröffnen, wenn nichts dagegenspricht.«

»Natürlich können Sie das.« Percy würde bestimmt einmal privat hierherkommen. Ein paar der dicken, bunten Kerzen würden sich wunderbar auf der Dachterrasse machen, außerdem brauchte er dringend neue Schutzkristalle. Mit der Zeit verloren diese leider ihre Wirkung.

Rune betrachtete die Auslagen weniger euphorisch und wollte von Shiela wissen: »Hatten Sie in Ihrem Laden schon einmal Probleme mit Dämonen?«

Ihm waren die zahlreichen Schutzmaßnahmen also auch

aufgefallen. Hier lagen die gleichen Kristalle in den Ecken, die Percy in ihrer Wohnung verteilt hatte. Außerdem spürte er weitere magische Schwingungen, die ein unangenehmes Jucken in seinen Knochen hervorriefen. Das lag wohl an dem inkubusmäßigen Dämonenanteil in seinem Blut.

Shiela drückte sich eine Hand auf die Brust. »Zum Glück hat sich noch kein bösartiges Wesen in unseren Laden gewagt, aber nach den zahlreichen Morden hatten meine Schwester und ich die Sicherheitsvorkehrungen verstärkt.«

»Verkaufen Sie auch diese Steine?« Percy zeigte ihr ein Foto von dem wachteleigroßen Stein, der sich bei ihrer Schwester Cora im Magen befunden hatte – was er Shiela jedoch verschwieg. Er wollte sie nicht weiter aufwühlen.

»Kommen Sie.« Shiela führte sie weiter durch den Laden zu einem kleinen, düsteren Lagerraum, in dem sich Kartons und Holzkisten bis unter die Decke stapelten. »Wir haben diese Talismane erst vor ein paar Tagen reinbekommen und Cora wollte ihre Wirksamkeit testen, bevor sie in den Verkauf gehen.« Sie zog einen kleinen Karton hervor und öffnete den Deckel. Etwa fünfzig grünlich-violetter Steine kamen zum Vorschein. »Die Onlineshops führen sie schon eine Weile, denn diese Talismane erfreuen sich gerade nach den zahlreichen Morden immer größerer Beliebtheit. Doch Cora war skeptisch, weil sie bisher noch von keiner Hexe erfahren hat, dass sie tatsächlich wirken.«

»Was können sie?« Interessiert drehte Percy einen Stein zwischen den Fingern hin und her.

»Sie sollen sehr zuverlässig Dämonen und andere dunkelmagische Wesen fernhalten.«

Rune hob die Brauen. »Wenn man sie bei sich trägt? So wie diese Schutzkristalle?«

»Ganz so einfach ist es nicht. Der Magier, der diese Steine herstellt und verkauft, hat uns per Mail erklärt, wie man sie aktiviert.«

»Aktiviert?« Percy spitzte die Ohren. Das erklärte vielleicht, warum diese hier nicht zu Staub zerfielen.

»Ja, mit Blut. Sie sollen bei Hexen und anderen Wesen, die Magie wirken können, zuverlässiger als alles bisher Bekannte vor sämtlichen Dämonenarten schützen.«

Schnell warf Percy einen Blick auf Rune. »Das wäre der perfekte Schutz für … die Ermittler beim DPI!«

Rune wusste natürlich, dass er speziell an ihn dachte, und sagte: »Ich kann keine Magie wirken.«

»Probieren Sie es gerne aus.« Shiela reichte ihm einen Stein. »Sie brauchen nur einen Tropfen Ihres Blutes.«

Zögerlich nickte Rune und drückte sich einen seiner scharfen Eckzähne in die Daumenkuppe, sodass sich ein dicker Bluttropfen darauf bildete. »Und jetzt?«

»Legen Sie einfach den Daumen auf den Talisman. Wenn der Schutz aktiviert ist, beginnt er zu schimmern.«

Als er den Daumen darauf presste, sickerte sein Blut sofort in das Material. Danach zerfiel der Stein zu Staub.

Shiela schüttelte den Kopf. »Es tut mir leid. Sie haben nicht ein Fünkchen Magie im Blut.« Anschließend wandte sie sich an Percy. »Wollen Sie es versuchen?«

»Nein, Danke.« Er wusste nicht, was passieren würde, wenn er als Inkubus einen Test startete. »Aber darf ich einen Stein mitnehmen, um weitere Untersuchungen vorzunehmen?«

Shiela nickte. »Nehmen Sie so viele mit, wie Sie wollen, falls Ihnen das weiterhelfen kann.«

Percy schob sich gleich eine Handvoll in seine Jackentasche. Er wusste jetzt schon, dass er mehrere Talismane brauchen würde, denn er hatte noch nicht herausgefunden, woraus sie tatsächlich bestanden. Womöglich handelte es sich um eine Art Speckstein, so schnell, wie Runes Blut darin verschwunden war. Doch kein Gerät in seinem Labor hatte ihm bisher die Zusammensetzung verraten können.

»Können wir die Adresse des Herstellers bekommen?«, fragte Rune.

Shiela nickte. »Natürlich.« Sie zögerte kurz, holte ebenfalls einen Stein aus dem Karton und nahm ihn mit vor zum Tresen. »Vielleicht sollte ich ihn testen, nachdem meine Schwester ...« Sie wischte sich schnell über die Augen, griff dann nach einem Brieföffner, der neben der Kasse lag, und stach sich in die Daumenkuppe.

Percy schaute gefesselt zu, wie ihr Blut ebenfalls vom Talisman aufgesogen wurde und dieser innerhalb weniger Sekunden zu schimmern anfing. »Faszinierend.«

Shiela schüttelte sich, als würde sie frieren. Danach lächelte sie schief. »Ich hoffe sehr, dass es hilft. Dasselbe hat Cora gestern auch getan.« Aus großen Augen starrte sie Percy an. »Sagen Sie mir ... Hatte Cora ihren Talisman dabei?«

Nun wollte er sie nicht länger anlügen. »Hatte sie.«

»Dann scheint der Schutz nicht zu wirken.« Traurig seufzend schob sie den Stein in ihre Hosentasche. Danach suchte sie im Computer noch die Adresse des Herstellers heraus, schrieb sie auf einen Zettel und reichte ihn Rune. »Hier bitte.«

»Vielen Dank.«

Percy warf einen kurzen Blick darauf, bevor Rune das Papier einsteckte. Der Verkäufer und Produzent hieß Zoltan Silverstone und kam aus dem Stadtteil Gravesend, im Süden von Brooklyn.

Sicher ...

Sie verabschiedeten sich von Shiela und versprachen, sich bei ihr zu melden, sobald sich etwas Neues ergab.

Die Hexe brachte sie nach draußen und sperrte den Laden ab. »Ich hoffe, Sie können diese dunkle Brut vernichten, die uns das antut.«

»Wie kommen Sie nach Hause?«, fragte Rune. »Wir können Sie mitnehmen, wenn Sie wollen.«

»Das ist sehr nett von Ihnen, aber nicht notwendig.« Sie deutete die Häuserreihe entlang. »Ich wohne gleich am Ende der Straße. Viel Erfolg!«

Während sie über den düsteren Gehweg davon marschierte, stieg Percy mit Rune in den Wagen und schaute Shiela nachdenklich hinterher. »Irgendwas ist mit diesen Steinen. Ich stehe kurz vor einer Lösung, ich fühle es!«

Rune ließ sein Fenster herunter und holte tief Luft. »Vielleicht finden wir ja diesmal den Hersteller, aber ich bin nicht sehr zuversichtlich.« Er schaute hoch zu den Dächern der Häuser, als würde er hoffen, einen Gargoyle zu sehen. Das machte er in letzter Zeit öfter.

»Denkst du auch, die Anschrift ist wieder falsch?« Percy vermutete es stark. Sie hatten schon einmal die Lieferung bis zum Hersteller zurückverfolgen können, doch bei der angegebenen Adresse waren sie auf ein Altersheim gestoßen. »Vielleicht haben wir ja heute Glück. Immerhin haben wir diesmal ein paar dieser Steine.« In den anderen Shops waren sie nicht mehr auffindbar gewesen und sie wussten bis heute nicht, ob die Talismane ausverkauft gewesen oder ihnen die Dämonen zuvorgekommen waren, um Spuren zu vernichten.

Rune nickte. »Das DPI soll auf jeden Fall wieder ein Einsatzteam zu der Adresse schicken.«

»Ich rufe Mitchell an.« Percy holte sein Handy hervor und hatte den Chef gleich am Apparat. Während Percy ihm schnell erzählte, was sie herausgefunden hatten, starrte Rune immer noch nach draußen, anstatt loszufahren.

»Was ist?«

»Ich dachte ...« Rune streckte die Nase zum Fenster hinaus und schnupperte.

Percy konnte niemanden sehen. Die Straße wirkte wie ausgestorben – bis ein Schrei durch die Nacht hallte.

»Shiela!«, rief Rune und startete den Wagen. Er trat so fest aufs Gas, dass die Reifen quietschten und Percy in den Sitz gedrückt wurde.

Kapitel 14

Rune fluchte innerlich. Er spürte deutlich, dass etwas nicht stimmte! Die Atmosphäre veränderte sich merklich, er roch Ozon und Gänsehaut überzog seinen Körper. In der Nähe waren irgendwo eine oder mehrere Höllenkreaturen durch ein Dämonenportal gekommen!

Als Percy mit dem Finger durch die Windschutzscheibe zeigte und »Da!« rief, hielt Rune den Hummer an.

Shiela stand vor den Stufen zu einem Wohnhaus, starrte panisch in die Finsternis und streckte abwehrend die Arme aus. Einer der magischen Kristalle aus dem Laden blitzte zwischen ihren Fingern hervor. Damit hielt sie einen fauchenden Whisperer auf Abstand. Er hatte Gestalt angenommen, fuchtelte mit seinen Klauen herum und tänzelte bedrohlich um die Hexe, wobei er fast mit der Nacht verschmolz, so gut getarnt war er. Doch Runes scharfe Augen erkannten diese hässliche Kreatur bestens. Über deren nackten Leib krochen winzige Spinnen, um den langen dünnen Schwanz wanden sich Schlangen, genau wie bei seinen Artgenossen damals am Stromwerk. Der Dämon fletschte die verfaulten Fänge, seine Augen glühten.

»Du bleibst im Wagen!«, befahl Rune Percy, denn er erinnerte sich noch zu gut an die letzte Begegnung und wie die für seinen Liebsten beinahe geendet hatte.

»Keine Sorge!« Percy zog kleine Ohrenstöpsel hervor, die sicher keine gewöhnlichen waren, und schob sie sich in den Gehörgang. Danach holte er zwei geweihte Klingen aus seiner Jacke, für jede Hand eine. Sein schlauer Inkubus war diesmal wirklich auf *alles* vorbereitet!

Gemeinsam sprangen sie aus dem Fahrzeug, und als der

Whisperer sie bemerkte, stürmte er sofort auf sie zu. Kurz bevor er Rune erreichte, schien die Höllenkreatur an einer unsichtbaren Wand abzuprallen und wurde auf den Rücken geschleudert.

»Unsere Anhänger wirken!«, rief Percy triumphierend.

Noch bevor Rune reagieren konnte, hatte sein Liebster dem Dämon, der sich gerade aufrappeln wollte, die Klinge in den Hinterkopf gerammt, sodass er verpuffte. Doch es blieb keine Zeit, um aufzuatmen, denn prompt befand sich ein weiterer Whisperer bei ihnen. Rune hatte keine Ahnung, woher der so plötzlich gekommen war.

»Um den kümmere ich mich!«, brüllte er.

»Shiela, bleiben Sie weg von der Hauswand!« Percy zog die Frau auf die Seite, denn am Gebäude materialisierte sich gerade ein Ring aus blauem Feuer – ein weiteres Dämonentor.

Die Hexe kauerte sich neben den Stufen zusammen und verfolgte ängstlich, wie sie gegen drei weitere Whisperer antreten mussten, die aus dem Ring stiegen. Rune hatte den zweiten noch nicht einmal zu fassen bekommen, denn der wich seiner Klinge immer wieder geschickt aus. Zum Glück boten ihre Kristallanhänger Schutz.

Sein tapferer Gefährte stellte sich vor Shiela, damit ihr keine Höllenkreatur zu nahe kam, und rief Rune zu: »Wir müssen Verstärkung rufen!«

»Schon da!«, grollte auf einmal eine tiefe Stimme über ihnen. Zwei mächtige Gestalten segelten vom Dach des Hauses, ihre großen Schwingen weit ausgebreitet.

Gargoyles! Rune witterte seinen Vater und »Belanglos«.

Sofort suchten zwei Whisperer das Weite und verschwanden durch ein neues Dämonentor am nächsten Haus, die verbliebenen wurden von Zamur und Belanglos eliminiert, indem sie den Kreaturen einfach die Köpfe abrissen und ihnen dann eine Klaue in den Hinterkopf trieben. Die Dämonen verpufften – es war vorbei, noch bevor es richtig angefangen hatte.

Stille breitete sich aus, und nur das leise Schluchzen von Shiela war zu hören.

Percy legte einen Arm um die Hexe und erklärte Rune: »Ich bringe sie in ihre Wohnung und rufe von dort das DPI an, damit jemand rund um die Uhr zu ihrem Schutz abbestellt wird.«

Rune nickte ihm dankbar zu. Nun hatte er Gelegenheit, endlich mit seinem Vater zu sprechen. Er stellte sich zu den beiden Gargoyles, die sich im Schatten eines Baumes verborgen hielten, und grüßte sie. »Zamur, Belanglos.«

»Dein Sohn ist ein Scherzkeks«, grollte der Gargoyle, dem Rune in der Gasse begegnet war. »Das hat er nicht von dir.«

Sein Vater trat einen Schritt vor. »Junge, das ist Ragnir. Er hat mir alles ausgerichtet.«

»Ragnir. Klingt tatsächlich besser als Belanglos.« Rune atmete tief durch und wurde wieder ernst. »Wieso lasst ihr euch erst jetzt blicken? Es sind zwei Wochen vergangen, eine weitere Hexe wurde getötet!«

Zamur fuhr sich mit seiner großen, klauenbespickten Hand über das Gesicht, als wäre er müde. »Es waren eine Menge Gespräche nötig, um die Mehrheit im Klan davon zu überzeugen, dass wir dem DPI helfen sollten.«

Vermutlich hatte Coras Mord die Kontaktaufnahme nun beschleunigt.

»Und wir haben unsere Schutzmaßnahmen verstärkt«, erklärte Ragnir. »Shiela haben wir heute Nacht keine Sekunde aus den Augen gelassen.«

Rune schnaubte. »Dafür wart ihr aber etwas zu spät bei ihr.«

»Sie konnte sich verteidigen«, knurrte Ragnir. »Außerdem mussten wir abwägen, ob wir uns zu erkennen geben.«

Rune atmete erneut tief durch. Er wollte sich nicht mit den beiden streiten. Das DPI brauchte nun jeden, der ihnen bei dieser Sache helfen konnte.

»Wir fragen uns«, sagte Zamur, »warum Shiela ausgerechnet jetzt angegriffen wurde, nachdem ihr bei ihr im Laden wart.«

Rune sah plötzlich vor seinem geistigen Auge, wie Shielas Blut in den Talisman sickerte und er zu schimmern begann. *Dasselbe hat Cora gestern auch getan …*

»Die Steine!« Schlagartig wurde ihm alles klar. »Sie wirken wie Sender und führen die Dämonen direkt zu den Hexen! Shiela hat den Talisman vorhin erst aktiviert, genau wie ihre Schwester in der Nacht ihres Todes. Direkt danach sind die Whisperer aufgetaucht.« In Runes Kopf setzte sich nun alles Stück für Stück zusammen.

Als die Haustür aufgerissen wurde, wichen Zamur und Ragnir hinter eine große Mülltonne zurück. Es war jedoch nur Percy, der aufgeregt auf sie zueilte.

»Was ist passiert?«, wollte Rune sofort wissen.

Bevor sein Gefährte antworten konnte, trat Ragnir zu ihnen. »Wer beschützt Shiela, bis eure Leute da sind?«

»Ihre Wohnung ist dämonensicher«, erklärte Percy.

»Ich werde trotzdem einen Blick auf sie haben.« Ragnir schaute sich um, doch die Straße war menschenleer. Danach kletterte er an der Fassade nach oben und verschmolz mit der Dunkelheit. Vermutlich würde er Shiela über ein Fenster an der Rückseite des Hauses beobachten.

Percy stellte sich dicht zu Rune, wobei er Zamur nie aus

den Augen ließ. »Ich habe etwas Wichtiges über die Steine herausgefunden!«

Rune drückte kurz seine Schulter. »Wir auch. Sie sind Peilsender!«

Percy schüttelte den Kopf. »Nein, sie rauben den Hexen ihre Magie! Shiela konnte gerade keine Zaubersprüche mehr zu ihrer Verteidigung einsetzen. Sie fühlte sich wie gelähmt. Weil ihre ganzen Kräfte nun in dem Stein stecken!«

Rune legte ein weiteres Stück zu seinem Puzzle, das langsam ein Gesamtbild ergab. »Die Hexe am Kraftwerk hatte versucht, sich mit gezeichneten Runen zu schützen.«

Percy nickte euphorisch. »Genau, weil sie sich nicht mehr anders zu verteidigen wusste! Shiela hatte zum Glück einen Kristall dabei. Ohne den wäre sie jetzt tot.«

»Wir waren in der Nähe«, grollte Zamur. Er trat aus dem Schatten und seine Nasenflügel blähten sich, als er Percy eingehend musterte. »Du hast es tatsächlich getan, Junge.«

»Wir reden später darüber«, erklärte Rune. Der Fall beanspruchte jetzt seine gesamte Aufmerksamkeit, und gerade fiel ein Puzzleteil nach dem anderen an seinen Platz. »Ich denke, es stimmt beides, Percy. Der Stein ist ein Peilsender *und* er hält die Kräfte der Hexen gefangen. Wir waren so blind! Sobald der Stein mit dem Blut eines magiewirkenden Geschöpfes aktiviert wird, sendet er ein Signal an …«

»Einen Dämonenfürsten«, unterbrach ihn Zamur. »Wir vermuten schon lange, dass ein mächtiger Fürst der Unterwelt hinter den Angriffen steckt. Nun wird auch mir einiges klar. Der Fürst schickt seine Lakaien, die Whisperer, um die Steine einzusammeln. Sicher will er mit den Kräften der Hexen seine Macht stärken.«

Rune schluckte. Das bedeutete nichts Gutes.

Als sein Handy vibrierte, zog er es sofort hervor. Es war eine Nachricht von Mitchell. Die Adresse des Vertriebs war nicht zu ermitteln. »Das erklärt auch, warum der angebliche Hersteller Zoltan Silverstone nicht existiert.«

Percy nickte. »Ich habe Shiela noch ein wenig ausgefragt. Das Paket mit den Steinen kam per Post, es hat also nie ein Dämon den Laden betreten – was auch sehr schwer geworden wäre. Und die Werbung erhielt sie per Mail.«

Als ein Auto die Straße entlangfuhr, wich Zamur zurück in den Schatten. Währenddessen ratterte es in Runes Kopf unentwegt. Alles erschien ihm plötzlich glasklar. »Während des Angriffes muss den Hexen bewusst geworden sein, dass ihnen der angebliche Talisman die Kräfte entzogen hat. Sie haben sich erhofft, diese zurückzubekommen, wenn sie den Stein schlucken.«

Percy riss die Augen auf. »Und der Schlangenbiss bei einem der ersten Opfer sollte uns wohl in die Irre führen.«

»Ja, es war sicher eine Ablenkung, damit wir nicht gleich auf Dämonen schließen.«

Alles war nun völlig offensichtlich! Rune fühlte sich großartig. Endlich hatten sie eine heiße Spur.

Ihm entging jedoch nicht, dass Zamur aus dem Schatten heraus seinen Gefährten weiterhin mit konzentrierten Blicken musterte. Percy rückte noch näher an ihn heran, und Rune hätte am liebsten seine Hand genommen.

»Okay«, sagte Zamur, als die Straße wieder leer war. »Gehen wir noch einmal alles durch. Die Whisperer sind lediglich Handlanger. Sie sammeln für ihren Fürsten die Steine ein, um ihrem Herrn mehr Macht zu verleihen. Und die Lakaien dürfen als Bezahlung die Körper und Seelen der Opfer behalten.«

Ja, das ergab ebenfalls Sinn. »Die Whisperer ernähren

sich von den Seelen, deshalb zerfallen die Steine bei ihnen wohl auch nicht zu Staub.«

»Oder weil sie die Körper ihrer Opfer besetzen!«, warf Percy ein.

Rune atmete tief durch. »Deshalb werden auch ein paar Hexen vermisst!« Sein ungutes Gefühl nahm zu. »Dieser Fürst muss schon einiges an Magie erhalten haben.«

»Wenn er zu stark wird«, grolle Zamur, »haben wir ein riesiges Problem.«

Rune stimmte seinem Vater ausnahmsweise einmal zu. »Dazu darf es nicht kommen!«

»Wie sagtest du, war sein Name?«

»Zoltan Silverstone. Aber der stimmt sicher nicht.«

»Zoltan …«, murmelte Zamur, als hätte er den Namen schon einmal gehört.

Rune wandte sich an Percy. »Okay, wir sind ein gutes Stück weitergekommen. Wir müssen dem Dämon eine Falle stellen und die Steine unbemerkt aus dem Verkehr ziehen, damit er uns nicht auf die Schliche kommt.«

Percy zückte sein Handy. »Ich werde Mitchell anrufen und auf den neusten Stand bringen. Wir brauchen sofort mehr Leute an der Sache, denn es gibt einige Zauberläden in der Stadt und noch mehr Onlineshops. Wir müssen herausfinden, wer alles diese Steine gekauft hat und wer vielleicht noch vermisst wird.«

Rune nickte und erklärte seinem Vater: »Ich gebe dir dann die Namen und Adressen der Käufer, sofern diese noch zu ermitteln sind, damit ihr sie beschützen könnt.«

Während Percy sich ein Stück zurückgezogen hatte und bereits mit Mitchell redete, flüsterte Rune seinem Vater zu: »Jetzt können wir uns unterhalten.«

Genau in diesem Moment bog wieder ein Fahrzeug in

die Straße. Doch anstatt sich hinter der Tonne zu verstecken, grollte Zamur: »Später«, kletterte die Hauswand hoch und war verschwunden.

Rune knurrte.

»Was ist passiert?« Percy trat zu ihm und schaute sich um. »Wo ist dein Vater?«

»Der Feigling hat sich verpisst!« Tief atmete Rune durch. Er konnte sich jetzt nicht darüber aufregen. Es standen wichtigere Dinge an.

Er legte einen Arm um seinen Liebsten und ging mit ihm zum Eingang des Wohnhauses. »Lass uns ins Department fahren, sobald der Personenschutz für Shiela hier ist. Es gibt noch viel zu tun.«

***

»Was für eine Nacht!« Rune ließ sich splitternackt ins Bett fallen und streckte sich wie ein X darauf aus.

»Hey, mach dich mal nicht so breit!« Percy, ebenfalls im Adamskostüm, kuschelte sich lächelnd an ihn. Sein Haar war noch feucht von der schnellen Dusche, die sie beide gerade genossen hatten, und duftete nach seinem Shampoo.

»Wir haben heute viel erreicht. Ich darf mich gerade wie ein König fühlen.« Rune war rundum zufrieden und zuversichtlich, dass sie den Dämonenfürsten schnappen würden. Falls der Mistkerl seine Verhaftung überlebte, war für ihn schon eine hübsche Zelle im Wesengefängnis reserviert.

»Ach«, stieß Percy theatralisch hervor. »Könige dürfen also das ganze Bett für sich beanspruchen?«

»Du hast hier deinen Platz.« Schmunzelnd zog Rune Percy an seine Brust und ließ die Nacht im Geiste Revue passieren. Er war wirklich glücklich, seinen klugen Gefährten heute an seiner Seite gehabt zu haben. »Du würdest einen verdammt guten Ermittler abgeben. Und wie du mal wieder gekämpft hast ... Du bist für die Straße geboren.«

Percy lachte. »Oh nein, ganz bestimmt nicht. Mein Herz schlägt für die Forschung und ...« Er drückte Rune einen Kuss auf die Brust. »... für dich. Ich freue mich auf ruhige Tage in meinem Labor. Schließlich muss ich mir ausdenken, wie wir einen Megadämonenschurken zur Strecke bringen können.«

Rune grinste. »Schade, aber ich wette, du erfindest eine neue Superwaffe.«

»Kann schon sein.« Sein sexy Gefährte legte sich ganz auf ihn und wirkte sehr von sich überzeugt. Doch dann nahm sein Gesicht ernste Züge an. Er setzte sich auf Runes Oberschenkel, um seine Brust zu massieren, und sagte zögerlich: »Du solltest dich mit deinem Vater versöhnen.«

Natürlich hatte sein sensibler Inkubus bemerkt, dass Rune die Sache mit seinem Erzeuger im Magen lag. Ob sich Zamur noch einmal blicken lassen würde? Oder schickte der Klan einen anderen Gargoyle vorbei, der das DPI bei diesem Fall unterstützen würde?

Als Rune nur Löcher in die Luft starrte, strich ihm Percy zärtlich über den Bauch. »Du brauchst jemanden zum Reden. Einen Gleichgesinnten, der dich und deine Gargoyle-Sorgen versteht. Und du brauchst ... eine Familie.«

Schockiert starrte er Percy an und krallte die Finger in dessen Oberschenkel. »*Du* bist jetzt meine Familie. Du bist mein Wächter, mein Schutzengel.«

Percy lachte. »Du nennst einen Dämon *Engel*?«

»Stimmt, du bist eher ein Bengel.« Rune betrachtete seinen Liebsten nachdenklich. Percy hatte recht. Wenn er den

Zwist zwischen sich und Zamur nicht klärte, würde Rune ewig schlechte Laune haben – was sich wiederum auf seine Beziehung auswirken würde. »Wenn es dir wichtig ist, werde ich mit Zamur reden.«

Percy lächelte leise und erklärte sanft: »Ich will nur, dass du glücklich bist, du sturer Kerl.«

»Weißt du, was mich glücklich macht?«

Percys große blaue Augen wirkten völlig unschuldig, als er fragte: »Was?«

»Das!« Rune warf seinen Liebsten von sich, rollte sich auf ihn und überhäufte seinen süßen Mund mit zarten Küssen. Es dauerte noch ungefähr eine Stunde, bis die Sonne aufging, und diese Zeit wollte er auskosten.

Percy wand sich leise stöhnend unter ihm und kam ihm gierig mit der Zunge entgegen.

»Hunger?«, fragte Rune rau, wobei er seine beginnende Erektion an Percys hartem Geschlecht rieb.

»Nur auf dich, du unersättlicher Löwe.«

Rune wusste, dass ihr Liebesspiel jetzt nicht langsam und zärtlich sein würde, sondern rau und impulsiv. Wenn es sein Gefährte nicht lieben würde, fast schon gewaltsam von ihm in Besitz genommen zu werden, würde sich Rune mies vorkommen.

Als wäre Percy sein Gefangener, wehrte der sich spielerisch und räkelte sich scheinbar hilflos unter ihm, während ihre Küsse wilder und ihre Berührungen forscher wurden.

»Ich kann nicht länger warten«, knurrte Rune. Es machte ihn schier verrückt und vor allem geil, wenn Percy unter ihm zappelte. Seine Eichel pulsierte wild, sein Schwanz war so prall mit Blut gefüllt, dass die Haut spannte.

»Ich doch auch nicht.«

Als Percy die Beine anzog, spritzte Rune beinahe ab.

Schnell dachte er an die letzte Begegnung mit den Dämonen, um seine Beherrschung zurückzuerlangen, und tauchte dann zwischen Percys knackige Pobacken. Dessen feuchte Enge empfing ihn gierig, woraufhin sich Rune bis zum Anschlag in ihm versenkte.

Percy bog sich ihm stöhnend entgegen, zog die Beine ganz an und hielt sie an den Kniekehlen fest, sodass sich Rune eine äußerst erregende Sicht bot. Sein Liebster gab sich ihm völlig hin, und aus dessen Eichel tropfte bereits Samen, so erregt war er.

»Du willst es wohl richtig besorgt bekommen?« Rune hielt nichts mehr. Er beugte sich über Percy, fickte ihn hart und sein Löwe brüllte auf, als er wenige Sekunden später den Höhepunkt erreichte. Nachdem Rune zwei Mal in ihn gespritzt hatte, zog er sich schnell zurück, um die restlichen Schübe auf seinem Liebsten zu verteilen. Im selben Augenblick zuckte auch Percys Geschlecht, und Rune hatte eine bessere Idee. Er ergriff es zusammen mit seinem, um den restlichen Gipfel mit seinem Gefährten gemeinsam zu erklimmen. Hart massierte er ihre beiden Erektionen und schaute fasziniert zu, wie sich Percys Sperma wie Zuckerguss auf ihren Körpern verteilte.

Was für ein Orgasmus!

Schwer atmend streckte sich nun Percy unter ihm wie ein X aus und murmelte: »Ich glaube, wir müssen noch mal duschen.«

Rune wischte grinsend seine glitschige Hand an Percys Bauch ab. »Das glaube ich auch. Wir haben eine ziemliche Sauerei gemacht.«

»Ich liebe unsere Sauereien!« Percy sprang auf und lief voran ins Bad, sodass Rune dessen festen Knackarsch immer vor Augen hatte.

Und ich liebe dich, dachte er. Was für eine erfolgreiche Nacht!

***

Als sie zehn Minuten später aus dem Badezimmer kamen, hörte Rune ein leises Klopfen an der Terrassentür. Alarmiert schaute er zu Percy. Das würde doch nicht sein Vater sein?

Hastig schlüpfte er in eine Jogginghose und Percy zwängte sich in seine engen Jeans. Dann liefen sie zurück ins Wohnzimmer.

Tatsächlich, auf der Terrasse stand ein riesiges geflügeltes Wesen und starrte sie durch die Scheibe an.

Rune riss die Tür auf. »Zamur!« Er spürte ein leichtes Prickeln in seinen Zellen, das die bevorstehende Verwandlung ankündigte. »Die Sonne geht bald auf.« Der Morgen graute bereits, lange würde sich sein Vater nicht mehr in den Schatten verbergen können.

»Es ist noch genug Zeit.« Zamur warf einen schnellen Blick über seine Schulter. »Darf ich reinkommen?«

Rune zögerte kurz, doch dann trat er zur Seite, wobei er Percy mit seinem Körper abschirmte.

»Ich tu deinem Dämon schon nichts«, grollte Zamur.

»Äh ich … hol mal eben die Liste.« Percy grinste schief, bevor er zurück ins Schlafzimmer marschierte.

»Bist du wegen des Falls gekommen?« Rune blickte seinen Erzeuger scharf an.

»Auch. Der Klan hat mich ausgewählt, für diesen Fall den Vermittler zu spielen.« Zamur kratzte sich mit einer Klaue an seiner Wange. »Außerdem bin ich hier, um mich bei dir und deinem Dämon zu entschuldigen.«

Als wäre das Percys Stichwort gewesen, stand er prompt schon wieder neben Rune und nickte entschlossen. »Entschuldigung angenommen.«

Rune starrte ihn absichtlich so an, als hätte er nicht alle Tassen im Schrank, erwiderte jedoch nichts. Er wusste, dass sein sensibler Dämon die Welt am liebsten in rosa Watte packen wollte. Nur ihm zuliebe blieb Rune ruhig. Ansonsten hätte er längst seine Krallen ausgefahren.

»Bei mir geht das nicht so einfach«, erklärte Rune seinem Vater düster. »Du hast mich mein Leben lang belogen. Mir weisgemacht, du würdest mich töten, wenn jemand erfährt, was ich bin.«

»Es tut mir leid, Sohn.« Fest sah ihm Zamur in die Augen. »Ich wollte dich immer nur beschützen.«

Konnte er seinem Vater deswegen böse sein? Nein. Aber … »Du hättest dir eine andere Ausrede einfallen lassen können!« Tief atmete er ein, um sich zu beruhigen. Vielleicht sollte er mit Yoga anfangen, denn allmählich mutierte er zum Atemspezialisten.

Zamur nickte bedächtig. »Es ist nicht gerecht, dass du für meine Fehler büßen musstest. Ich habe mich mit einer menschlichen Frau eingelassen und du wurdest vom Klan verstoßen.« Kurz schaute Zamur zu Percy. »Ich habe viele Fehler gemacht.«

»Ja, das hast du«, knurrte Rune. Würde er seinem Vater jemals verzeihen können? Er dachte an die vielen Stunden in seinem Leben, in denen er einen Vater gebraucht hätte. Vor allem nach Mums Tod hatte er sich unendlich allein und verloren gefühlt.

Als ihn Zamurs reumütiger Blick traf und Rune erkannte, dass nicht nur er selbst, sondern auch sein Vater unter der Situation litt, traf ihn die Erkenntnis wie ein Blitz. Zamur hatte nicht anders handeln können. Ohne seinen Klan war ein Gargoyle allen Gefahren schutzlos ausgeliefert. Hätte der Klan Zamur verstoßen, hätte sein Vater ihm nie helfen können. Zamur hatte Rune nach Mums Tod gesucht, ihm Geld gegeben, ihm zu einem neuen Leben verholfen. Auf seine Art war sein Vater für ihn da gewesen. Doch was er mit Percy getan hatte ... Rune musste sich eingestehen: Auch hier hatte ihn Zamur nur wieder beschützen wollen.

Rune rechnete es ihm hoch an, sich bei ihnen entschuldigt zu haben. Das war für solch ein stolzes Wesen nicht einfach. Wer wusste das besser als er selbst.

Sein Liebster schaute ihn auffordernd an, als wollte er sagen: *Na los, gib dir einen Ruck!*

Hitze schoss durch Runes Körper. Gedanklich trat er sich in den Arsch und murmelte: »Ich ... nehme deine Entschuldigung an.«

Zamur atmete auf, seine angespannte Miene verschwand. »Das bedeutet mir sehr viel.«

Und was jetzt? Rune wurde es noch heißer. Sollten sie sich umarmen? Auf den Rücken klopfen?

Nein, so weit war Rune definitiv noch nicht. Deshalb streckte er lediglich den Arm aus und reichte seinem Vater die Hand. Der schüttelte sie schweigend, doch in seinen dunklen Pupillen spiegelte sich unendlich viel Dankbarkeit.

Als eine peinliche Stille aufkam, räusperte sich Zamur, zog die Hand zurück und wandte sich an Percy. »Ihr habt die Liste mit den Namen und Adressen aller Käufer der Steine?«

»Äh ... ja!« Percy reichte sie ihm. »Darauf stehen alle, die wir bisher ermitteln konnten.«

Zamur nickte. »Ich werde sie dem Klan übergeben.«

»Und habt ihr auch etwas herausgefunden?«, wollte Rune wissen.

»In der Tat. Wir haben eine Ahnung, wer Zoltan sein könnte.«

»Ich bin ganz Ohr«, murmelte Rune und versuchte, sich wieder auf den Fall zu konzentrieren.

Behutsam faltete Zamur das Blatt und schob es in eine Tasche an seinem Lendenschurz. »Es existiert in der Unterwelt tatsächlich ein Dämon namens Zoltan. Er ist der jüngere Zwillingsbruder des mächtigen Fürsten Zlatan, der riesige Armeen niederer Dämonen anführt. Vermutlich will Zoltan seinen Bruder stürzen, weil er immer im Schatten seines Zwillings steht.«

Konkurrierende Dämonen ... Rune überlegte scharf. »Ich würde ja in solch einem Fall sagen: Warten wir ab, ob sie sich gegenseitig auslöschen – wenn die vielen Opfer nicht wären. Außerdem wissen wir nicht, ob Zoltan seine neuen Kräfte nicht auch in unserer Welt ausprobieren wird.«

Zamur brummte zustimmend. »Wir müssen handeln.«

Rune war froh, dass sie einer Meinung waren. »Das DPI hat auch schon eine Idee, wie wir dem Fürsten eine Falle stellen könnten. Eine Hexe, die bei uns als Ermittlerin arbeitet, hat sich bereiterklärt, den Köder zu spielen. Genug dieser Talismane haben wir ja. Wenn wir einen Whisperer lebend fangen könnten ... Das DPI besitzt Mittel, um die Wahrheit aus diesen Kreaturen herauszukitzeln.«

Zamur nickte bedächtig. »Das klingt riskant, aber eine andere Lösung fällt mir auch nicht ein.« Hastig schaute er über seine Schulter auf die Terrasse. Draußen brach der neue Tag an.

»Willst du lieber durch den Keller gehen?«, fragte Rune und deutete auf die Wohnungstür. In weniger als drei Minuten würde er zu Stein werden!

Zamur nickte. »Das wäre mir sehr recht.«

»Dann … sehen wir uns.«

Sein Vater nickte und schenkte Percy einen entschuldigenden Blick. »Es tut mir aufrichtig leid, dass ich dich falsch eingeschätzt habe. Du hast nichts mehr vor mir oder einem anderen Mitglied meines Klans zu befürchten.«

Percy räusperte sich leise. »Danke.«

Mühsam unterdrückte Rune ein Schmunzeln. Sein Inkubus war einfach unglaublich! Er behielt immer die Fassung und zeigte kein bisschen Furcht. Rune war wahnsinnig stolz auf ihn und liebte ihn nur noch mehr.

Zamur öffnete die Wohnungstür, duckte sich hindurch und wandte sich noch einmal zu Rune um. »Solltest du Fragen haben, die dich persönlich betreffen, werde ich sie dir beim nächsten Mal beantworten.« Dann verschwand er im dunklen Treppenhaus.

Ein paar Sekunden lang starrte Rune auf die geschlossene Wohnungstür, um zu verarbeiten, was sich gerade abgespielt hatte, bevor Percy ihn an der Hand nahm, um ihn ins Schlafzimmer zu führen. »Das lief doch alles ganz gut, oder?«

»Hm.« Ja, es war gut gelaufen. Er hatte Zamur nicht umgebracht und dieser hatte sich bei ihnen beiden entschuldigt. Außerdem hatte es so etwas wie eine kleine Versöhnung gegeben.

Runes Anspannung wich und mit ihr auch ein Großteil des Zornes, den er auf seinen Vater verwandt hatte. Zurück blieb Erleichterung und die Zuversicht, dass nun alles besser werden würde.

Rune legte sich ins Bett und machte sich bereit für den Steinschlaf. Niemals zuvor hatte er sich so im Reinen mit sich gefühlt wie heute.

Percy kroch neben ihm unter die Decke. Sein Gefährte blieb bei ihm, auch wenn dieser nicht schlafen musste. Percy hatte sich seinen Laptop bereitgelegt und würde sich garantiert Gedanken machen, mit welcher Waffe sich Zoltan besiegen ließ.

»Schlaf gut und träum was Schönes«, raunte Percy und drückte ihm einen zarten Kuss auf den Mund.

Rune lächelte selig. »Ich wünsche dir viel Vergnügen bei … was auch immer du machst.«

»Das werde ich haben.« Percy grinste verwegen. »Langsam fahre ich voll darauf ab, den Bösen in den Arsch zu treten.«

»Also doch.« Rune zwinkerte und warf noch einen letzten Blick auf seinen süßen, unerschrockenen Dämon, bevor sich die Zellen in seinen Augen verwandelten. *Nicht nur mein Leben, sondern auch meine Weltsicht, hat sich durch Percy in den letzten Monaten völlig verändert. Er hat ein besseres Wesen aus mir gemacht, hat mir gezeigt, was wahre Liebe ist, und nimmt mich so, wie ich bin. Das Leben war niemals schöner …*

HAPPY END

Endlich mal wieder ein Gargoyle! Ich wollte es im Klappentext ja schon fast verraten, aber das hätte ein wenig die Spannung genommen. Bisher hatte ich Gargoyles in der Gay Romance »Beim ersten Sonnenstrahl« und natürlich in meiner Wächterschwingen-Reihe, in der sich alles um diese besonderen Wesen dreht. Ich habe sie schon sehr vermisst, deshalb freue ich mich bereits tierisch darauf, bald zu neuen Abenteuern mit den Gargoyles aufzubrechen. Vielleicht hattest du ja auch ein bisschen Spaß mit Rune und Percy? Ich hatte es beim Schreiben auf jeden Fall!

Apropos Fall … Die Hexen können nun beschützt werden, das Rätsel um die Steine ist gelöst – aber plant ein Dämonenfürst wirklich einen Krieg, der nicht nur den Wesen, sondern auch den Menschen gefährlich werden könnte? Und lässt sich solch ein mächtiges Wesen überhaupt einfangen?

Wie in jedem Teil dieser Reihe gibt es ein Geheimnis oder einen Mörder, der es ins nächste Buch schafft. Das heißt also, es wird noch eine Folge geben. Ich dachte ja an Shane, den sexy Alphawolf und Bruder von Shannon. Und vielleicht spielen die Gargoyles des New Yorker Klans auch eine Rolle? Was meinst du? Oder was ist mit dem Gespenst Trish und ihrem neuen Nachmieter? Ich muss gestehen, dass mein Kopfkino schon wieder läuft.

Falls du Lust hast, erzähle mir doch, wie dir das Buch gefallen hat. Ich freue mich immer riesig über Feedback, egal wo.

Du findest mich auf meiner Homepage
inka-loreen-minden.de
bzw meinem Blog
monica-davis.de,
Twitter (inkaloreen),
Instagram (inkaloreenminden)
und Facebook (Books by Inka Loreen Minden).

Und falls du das Buch weiterempfehlen möchtest oder Zeit findest, zwei kurze Sätze in einer Rezension / Bewertung zu schreiben, ist das für uns Autoren wie der Applaus für einen Schauspieler. Darüber freuen wir uns am allermeisten.

Halte die Öhrchen steif und
make Love not War :)

Deine Inka

Lesehappen aus »Beim ersten Sonnenstrahl«
London im Jahre 1862

Nach einem Besuch auf der Weltausstellung werden Davids Eltern vor seinen Augen ermordet. Ein geflügeltes Wesen, das David zuerst für einen Dämon hält, rettet ihn vor dem sicheren Tod. Seitdem fühlt er sich von diesem Geschöpf beobachtet. Jahre später lernt er seinen Retter kennen und zwischen den beiden erwächst tiefe Zuneigung. Gemeinsam reisen sie nach Paris, um den Mord aufzuklären. Die Spuren geben ihnen immer neue Rätsel auf. Dabei stoßen sie auf allerhand Gefahren, Hindernisse und seltsame Gestalten, die ihre zarte Liebe auf eine harte Probe stellen.

David schreckte hoch. Schwer atmend saß er im Bett und starrte ins Schwarz, wobei er nach dem Glücksbringer griff, den er um den Hals trug. Es war eine Silberkette mit einem lilafarbenen Kristall.

Granny hatte schon wieder die Vorhänge zugezogen, obwohl sie wusste, dass er das nicht mochte. David hasste die Finsternis. Sie umgab sein Herz, seine Seele, sein ganzes Leben.

Granny schob es auf den Mord an seinen Eltern, dass er ein seltsamer und stiller junger Mann geworden war. Ebenso, warum er Horrorgeschichten schrieb. Seine Großmutter glaubte, er würde damit seine Vergangenheit verarbeiten. Vielleicht hatte sie recht, aber David war Schriftsteller aus Leidenschaft. Schreiben bedeutete ihm alles. Es war seine Nahrung, seine Luft, sein Lebenselixier.

Nach dem Tod seiner Eltern hatte es ihn zu sehr geschmerzt, Vaters Arbeiten weiterzuführen, und David hatte sich von den Naturwissenschaften weitgehend abgewandt. Zudem war niemand mehr bei ihm, mit dem er seine Ideen teilen konnte. Andere Gedanken hatten sich seiner bemächtigt – düstere, blutige – und seinen Kopf gefüllt, waren gewaltsam nach draußen gedrängt.

Mittlerweile war er ein viel gelesener Londoner Autor, der mit seiner Passion den Lebensunterhalt bestreiten konnte. Allerdings zog er es vor, anonym zu bleiben, um dem Rummel um seine Person zu entgehen, und schrieb unter einem Pseudonym: David Blackwood.

Davids Vater hatte dank seiner Erfindungen ein kleines Stadthaus und wenige Ersparnisse gehabt, doch die waren bald aufgebraucht gewesen und David hatte begonnen, seine Geschichten für ein paar Pennys an die Zeitung zu verkaufen. Ein Verleger hatte ihn dadurch entdeckt und seitdem verfasste er richtige Bücher.

Viele Nächte verbrachte er damit, sich Gruselgeschichten oder Kriminalromane auszudenken, und schlief lieber tagsüber. Wenn er sich sicher fühlte. Außerdem hatte er oft die Vermutung, beobachtet zu werden. Wie gerade. Er bildete sich manchmal ein, ein Atmen zu hören und das Knarzen des Holzbodens, als ob jemand in seinem Schlafzimmer umherging.

»Ich weiß, dass du hier bist«, flüsterte er und seine Stimme klang erschreckend laut in der Dunkelheit.

Natürlich bekam er keine Antwort. Wie immer.

Langsam beruhigte er sich. Oder er versuchte es zumindest. Unaufhörlich klopfte der Puls in seinen Ohren.

David fuhr hastig mit dem Laken über seine nackte Brust, um den Schweiß abzuwischen. Der Sommer war ungewöhnlich heiß, in seinem Zimmer kühlte es kaum ab. Vielleicht sollte er ein Bad nehmen und danach an seinem Buch weiterschreiben. Schlaf würde er keinen mehr finden.

Zitternd tastete er nach der Kerze auf dem Nachttisch und fluchte leise, weil er die Zündhölzer nicht fand. Wann wurde endlich eine brauchbare Glühlampe erfunden, die eine längere Brenndauer besaß? David würde sofort im ganzen Haus elektrisches Licht anschaffen – die Vorrichtungen dazu hatte er bereits angebracht –, um die Geister der Vergangenheit auf Knopfdruck verscheuchen zu können.

»Luceo«, wisperte er und schnippte mit den Fingern.

Nichts geschah. Er war zu nervös zum Zaubern. Außerdem wandte er zu selten Magie an und war deshalb nicht in Übung. Seine Mutter war keine reinrassige Hexe. Sie kam aus einer Familie, in der ihr Zaubern strengstens untersagt worden war, obwohl ihre Fähigkeiten kaum vorhanden waren. Daher war auch Davids Begabung nicht stark ausgeprägt. Es war ohnehin besser, er hielt sich bedeckt.

Ganz anders Granny. Sie hatte bis vorletztes Jahr regelmäßig Magie angewandt. Als vor zwei Jahren ihre Hexenküche – wie David ihren persönlichen Bereich liebevoll nannte – beinahe in Flammen aufgegangen wäre, hatte sie große Zauber weitgehend bleiben lassen.

»Luceo«, flüsterte er erneut und schnippte. Ein winziger Funke blitzte auf – sonst geschah nichts.

Keine Panik, sagte er sich und schwang die Füße über die Matratze. Er kannte den Weg zum Fenster, er brauchte nur drei Schritte. Doch er bildete sich ein, er könne jeden Moment gegen einen Dämon stoßen. *Seinen* Dämon.

Angestrengt lauschte er in die Dunkelheit. Atmete außer ihm selbst nicht noch jemand?

Du hast eine blühende Fantasie, Junge, vernahm er Grannys Stimme in seinem Kopf, fasste all seinen Mut zusammen und eilte zum hohen Fenster, um die schweren Vorhänge aufzuziehen. Sofort drang das matte Licht der Gaslaternen in sein Schlafzimmer. Auf der Straße, zwei Stockwerke tiefer, war es still, keine Kutsche, kein Automobil waren zu sehen. Es musste nach Mitternacht sein. Erst dann kam London langsam zur Ruhe. Bereits morgens um vier erwachte es wieder zum Leben. Je mehr die Industrialisierung und der Fortschritt vorankamen, desto mehr wurde die Nacht zum Tag. Wenn sich endlich Glühlampen durchsetzten, würde London überhaupt nicht mehr schlafen. Was David nur recht war. Schlaf bedeutete für ihn Albträume, Kummer, böse Erinnerungen.

Als er ein Knarzen aus dem Flur vernahm, wirbelte er herum. Sein Herz schlug ihm bis zum Hals.

»Granny?«, wollte er rufen, doch lediglich ein Krächzen verließ seinen Mund.

Rasch zog er seine Hose vom Stuhl, der vor seinem Sekretär stand, und stieg hinein. Großmutter schimpfte ihn für seine Unordnung, weil er von seinem Schreibtisch lediglich in sein Bett fiel und sich vom Bett meist direkt zurück zum Tisch begab. Würde Granny ihm nicht Essen ins Zimmer bringen, wäre er wohl dünn wie eine Bohnenstange.

Fahrig schlüpfte er in sein Hemd, ohne es zuzuknöpfen. Falls sich ein Einbrecher in ihrem Haus herumtrieb, wollte er ihm nicht nackt begegnen. Dann suchte er nach einer Waffe und entschied sich für einen der zahlreichen Kerzenhalter aus Bronze, die auf seinem Sekretär verteilt waren. David zog die abgebrannte Kerze heraus, bevor sich seine Finger um das kühle Metall schlossen.

Wahrscheinlich war der nächtliche Besucher längst über alle Berge.

Hoffentlich ...

Mit angehaltenem Atem schlich er zur Tür. Sie stand einen Spaltbreit offen. David hatte sie geschlossen, bevor er zu Bett gegangen war. Ob Granny doch bei ihm gewesen war?

Bereits als Junge hatte er sich eingebildet, ein Ungeheuer würde durchs Haus schleichen. Er hatte ihm eine Falle stellen wollen, allerdings hatte Großmutter den Eimer Wasser, den er auf Tür und Rahmen positionierte, abbekommen, als sie nach ihm gesehen hatte. Sie hatte ihm gedroht, ihn in einen Gnom zu verwandeln, wenn er nicht sofort aufhörte, über »sein Ungeheuer« zu reden. Heute wusste David, dass sie mit der Situation überfordert gewesen war. Granny hatte den Tod ihres Sohnes nie verkraftet, zumal bis heute unklar war, wer die Mörder seiner Eltern waren. Die Polizei hatte die Leichen nie gefunden. Lange Zeit hatte David Angst gehabt, dass der Mann, der brennend davongelaufen war, noch lebte und zu ihnen zurückkehrte, um sie zu töten.

Sein furchteinflößender Retter – war er wirklich ein geflügeltes Wesen oder hatte David sich die Gestalt eingebildet? Er wusste, dass es neben der Menschenwelt andere Welten gab. Fabelwesen, Mythen … all das existierte. Zumindest hatten Vater und Granny das erzählt. Gesehen hatte David lediglich einen Kobold, der bei Vater im Keller gehaust und ihn manchmal geärgert hatte, bis es Vater zu bunt wurde und er ihn mittels Magie austrieb.

Ich muss endlich wissen, ob es mein unbekannter Retter ist, der mich nachts besucht … Entschlossen trat David auf den Flur. Er wollte keine Angst mehr haben. Er war alt genug, sich den Dämonen der Vergangenheit zu stellen.

Erneut lauschte er und hörte ein Quietschen. Es kam von unten! Dort gab es ein Fenster in der Nähe der Haustür – es war das Fenster vor dem Apfelbaum –, das genau dieses Geräusch verursachte, wenn man es aufschob.

David rannte so leise er konnte die Holzwendeltreppe ins Erdgeschoss. Seine nackten Füße hinterließen kaum ein Geräusch; die letzte Stufe übersprang er, da sie knarzte. Als er unten ankam, sah er, wie das Fenster von außen geschlossen wurde. Von einer großen Gestalt, die durch den Baum im Schatten verborgen blieb.

Beim nächsten Wimpernschlag war sie verschwunden.

Ich bilde mir das nicht ein! Hastig verriegelte David das Fenster, schlüpfte in seine Schuhe, riss den Mantel von der Garderobe und öffnete die Haustür. Zuerst steckte er nur den Kopf hinaus und erkannte eine Gestalt, die in einer Nebenstraße verschwand. Sie trug ebenfalls einen Mantel. Das musste der Einbrecher sein!

Davids Griff um den Kerzenständer zog sich zu. Hastig sperrte er die Tür ab und folgte dem Unbekannten in die Dunkelheit.

Beim ersten Sonnenstrahl
Gay Romance von
Inka Loreen Minden

Lesehappen »Herzen aus Stein«

650 Seiten prickelnde Fantasy Romance

Sein Klan hat Vincent alles genommen und ihn zu einem Leben im Verborgenen gezwungen. Sein einziges Licht in dieser Düsternis ist die Hexe Noir LeMar. Doch niemals darf er sich ihr zeigen, niemals darf er sich in sie verlieben, die Konsequenzen wären verheerend.

Aber das Schicksal hat andere Pläne. Noir, die letzte Überlebende eines Hexenklans, ist auf der Flucht vor Dämonen, die einst ihre Familie auslöschten. Sie weiß nicht, dass sie in dem Gargoyle Vincent einen Beschützer hat, der sie Tag und Nacht bewacht, während sie versucht, die Mörder ihrer Eltern zu finden.

Zwei einsame Seelen, denen es verboten ist, zusammen zu sein … Eine herzerweichende Lovestory über einen Gargoyle und eine Hexe.

»Was bist du?«, wisperte Noir, ihre Klinge an seinen Hals gedrückt, an dem eine Ader heftig pochte. »Du bist kein Gargoyle.«

»Doch.« Diese Stimme, die jetzt anders klang, nicht mehr rau und knurrend, kam ihr bekannt vor. Auch sein Gesicht – sie hatte es irgendwo schon einmal gesehen.

»Ich bin ein Gargoyle, dein … Beschützer«, presste er hervor. Seine Lider flatterten.

»Beschützer?«

Er drehte den Kopf weg, sodass sein Hals noch ungeschützter vor ihr lag. »Will nicht, dass du Angst hast.«

»Ich habe keine Angst vor dir, Bestie!«, rief sie aus.

Beim Wort Bestie zuckte er zusammen, als hätte sie ihn geschlagen. *Ich hab gewusst, dass sie mich abstoßend findet*, empfing sie seine Gedanken. *Sogar wenn ich verwandelt bin.*

»Was?« Was dachte er nur? Sie fand ihn alles andere als abstoßend, der Typ war eine Wucht. Viel zu attraktiv, das konnte nicht alles von Natur aus gegeben sein. Schwer schluckend starrte sie hinunter auf seinen Bauch. Die zerrissenen Jeans, die nun tief auf seinen Hüften hingen und den Ansatz seines Schamhaars zeigten, verhüllten kaum etwas.

Moment – sie konnte hören, was er dachte!

Noir hielt ihm immer noch die Klinge an die Kehle, drückte jedoch nicht mehr so fest zu. Der große Mann, der hilflos und verletzt auf dem Boden lag, berührte ihr Herz auf sonderbare Weise. »Wer hat dich geschickt? Woher kennst du meinen richtigen Namen und für wen arbeitest du?«

»Kenne dich schon, seit du fünfzehn bist«, erwiderte er leise und schwer atmend. »Daher ... weiß ich, dass du dir ... den Namen Noir erst gabst, als du ... vor den Dämonen auf der Flucht warst.«

Er wusste verdammt viel. »Du bist kein Gargoyle, die können sich nur in Stein verwandeln.« Andererseits musste er ein Mensch sein, denn Noir konnte nur Gedanken von Menschen hören. Verrückt, denn er war gerade noch ein Gargoyle gewesen. Noir verstand nichts mehr. Sie konzentrierte sich, um mehr von ihm aufzufangen. *Sie glaubt mir nicht, sie wird mich töten!*, drangen seine Gedanken schwach in ihren Kopf. *Dann kann ich sie nicht mehr beschützen!*

Das war die Stimme, die sie schon so oft gehört hatte! Er hatte keine Angst, dass sie ihn tötete, sondern er machte sich Sorgen um sie? Noir zog das Messer weg, behielt es aber in der Hand.

»Ich bin zur Hälfte menschlich, nur mein Vater war ein Gargoyle.«

Hatte sie sich deshalb oft beobachtet gefühlt? »Du beobachtest mich schon seit zehn Jahren?«

»Deine Eltern ...« Aufstöhnend krümmte er sich zusammen.

Noir glaubte ihm, obwohl sie das nicht sollte, aber seine Stimme – sie hatte sie in den letzten Jahren so oft wahrgenommen, ohne zu wissen, zu wem sie gehörte. Und wenn das die Stimme aus ihrem Kopf war, dann war das der Mann, der sich all die lustvollen Dinge ausgemalt hatte, die er mit ihr machen wollte. Dann war das der Mann, dessen Fantasien sie erregt hatten? Grundgütiger!

Und was war mit ihren Eltern? Noir musste wissen, was er hatte sagen wollen; im Moment ging es ihm zu schlecht. »Keine Zeit für Smalltalk, du musst endlich unter die Dusche.« Sie steckte die Messer weg und hielt ihm die Hände hin, um ihn auf die Beine zu ziehen. Er zog jedoch seine Arme zurück und versuchte, aufzustehen.

»Vorsicht!« Er zeigte ihr seine Finger mit den scharfen Krallen. »Bin nicht ganz verwandelt. Komm nicht an meine Hände.«

Er hatte Angst, ihr wehzutun. Nein, er konnte nicht böse sein. »Du wirst mich nicht verletzen, ich passe auf.«

»Das ist es nicht allein.« Er drehte ihr seine Handflächen entgegen und Noir erkannte zwei identische Tätowierungen auf der Lebens-, Herz-, Kopf- und Schicksalslinie. Es war ein schwarzes Hexagon, ein Sechseck, das an eine Kristallstruktur von Gestein oder Eis erinnerte. Lateinische Wörter standen unter jeder der sechs Linien. Die Mitte zierte ein Symbol, das wie ein Auge aussah.

»Du darfst sie nicht berühren«, sagte er und torkelte in Richtung Duschkabine. Dabei verlor er seine zerrissene Hose; sie rutschte ihm von den Hüften. Der Mann schlüpfte aus den Resten und ging weiter. Noir konnte nicht wegsehen, sein knackiger Hintern beanspruchte ihre gesamte Aufmerksamkeit. Sie seufzte. In ihrem Leben hatte sie noch nicht oft Gelegenheit gehabt, einen nackten Mann zu sehen. Einen echten nackten Mann. Keinen ihrer Filmhelden. Dieser Kerl war hier, in ihrem Hotelzimmer. Er war real und eine Wucht.

Er stellte sich in die Kabine, ihr den Rücken zugewandt.

»Was passiert, wenn man sie berührt?«, fragte Noir. Sie blieb vor der Tür stehen, nahm den Duschkopf und drehte von außen das Wasser an. Warum zitterten ihre Hände? Machte sie Adonis etwa nervös?

»Alles Lebendige, was mit den Tätowierungen in Kontakt kommt, wird zu Stein.«

Über die Autorin

Inka Loreen Minden, die auch unter den Pseudonymen Ariana Adaire, Lucy Palmer, Mona Hanke und Monica Davis (Jugendbuch) schreibt, ist eine bekannte deutsche Autorin. Von ihr sind bereits über 60 Bücher, 12 Hörbücher und zahlreiche E-Books erschienen, die regelmäßig unter den Online-Jahresbestsellern zu finden sind. Sie schreibt u.a. für Bastei Lübbe, Blanvalet und Rowohlt.

Ihre Titel wurden in mehrere Sprachen übersetzt. Auf Englisch sind erhältlich: Hearts of Stone, Daniel Taylor – Demon Heart und Caprice.

Neben einer spannenden Rahmenhandlung legt sie Wert auf eine niveauvolle Sprache und lebendige Figuren. Romantische Erotik, gepaart mit Liebe und Leidenschaft, ist in all ihren Storys zu finden, die an den unterschiedlichsten Schauplätzen spielen.

Mehr über die Autorin auf ihrer Homepage:
www.inka-loreen-minden.de
oder
monica-davis.de

Ihr findet die Autorin auch auf **Twitter** (InkaLoreen),
Instagram (inkaloreenminden)
oder **Facebook** (Books by Inka Loreen Minden)

Eine Auswahl ihrer Titel:

Amy & Jason
Penny & Logan
Malte & Fynn

Warrior Lover Serie

LoveTrip – Eine heiße Reise (Inka Loreen Minden)

Outcasts (Monica Davis)

und falls es mit Fantasy sein darf:

Engelslust
Verteufelte Lust
Beast Lovers Serie
Die Lady und das Biest

Nick aus der Flasche (Monica Davis)

Gay Romances:

Beim ersten Sonnenstrahl
Secret Passions – Opfer der Leidenschaft
ungayzogene Storys
Tödliches Begehren
The Captain's Lover
verboten gut